앨리스의 네일샵

앨리스의 네일샵

김수정 지음

행복한
나무

: 차례 :

손님의 월요일,
어제 이야기를 들려주시겠어요?

광장동 어느 골목길, 다세대 주택들과 신축 빌라들 사이
에 있는 4층짜리 상가건물 1층에서 사계절 내내 영업 중인
〈내일은 네일〉. 사장님과 직원 한 명, 단둘이 운영하는 이
아담한 가게에서는 사장님이 쉬는 매주 화요일, 하나뿐인
직원 앨리스의 비밀 영업이 시작된다.

앨리스는 하얗고 갸름한 얼굴에 얇은 쌍꺼풀을 지닌, 언
뜻 보면 사회인 같기도 하고 또 언뜻 보면 대학생 같기도 한,
동안 외모를 가진 직원이었다. 그녀는 〈내일은 네일〉의 문
이 열릴 때마다 환한 미소로 손님을 맞이하곤 했는데, 손님

들은 처음엔 상냥하다고 생각하면서도 이내 그녀의 웃음이
부자연스럽다는 사실을 깨닫는다. 하지만 그런 생각도 잠
시, 앨리스의 특별한 제안을 받게 된 손님은 곧이어 당황스
러운 상황에 놓이게 되는데…….

"제게 손님의 월요일, 어제 이야기를 들려주시겠어
요? 그럼 전 손님에게 특별한 내일을 선물해 드릴게요."
　　화요일 손님들의 어제인 월요일 이야기를 들으며 무료로
네일 또는 내일을 선물하는 앨리스. 그녀가 사람들에게 네

일 또는 내일을 선물하는 대가로 월요일, 어제의 이야기를
요구하는 이유는 과연 무엇일까?

손님들은 의아해하면서도 그녀에게 두 손을 맡긴 뒤, 전
날 있었던 자신의 평범한 일상을 조곤조곤 이야기한다. 대
부분의 손님은 한 주가 시작되는 월요일을 평범하게 보냈기
에, 앨리스에게 자신의 어제를 이야기하면서도 스스로의 일
상이 지루했다고 생각한다. 그렇기 때문에 시시한 어제를
대가로 특별한 네일 또는 내일을 선물받을 수 있는 기회를
마다하는 이는 많지 않았다.

간혹 어제는 아무 일도 없었으니 지난 주말의 이야기는
어떻겠느냐는 손님, 또는 기억에 남는 다른 날의 이야기를
들려주겠다는 손님 등도 있었으나 앨리스는 특별한 내일의

대가로 한사코 하루 전날인 어제, 월요일의 이야기만을 고집했다.

반복되는 일상 속 소소한 행복의 가치를 알지 못하는 사람은 지나간 어제와 다가올 내일이 가진 진정한 의미를 알지 못한다. 내일은 어제가 될 수 있지만, 어제는 결코 내일이 되지 못한다.

만약 당신이 우연히 〈내일은 네일〉의 앨리스를 만나 특별한 내일을 선물받을 수 있게 된다면, 그녀에게 들려줄 수 있는 당신의 어제는 어떤 하루였는가?

1부

희찬의 월요일, 빛나는 윤슬

서울 동쪽 끝 광장동 주택가 어느 골목길에는 〈내일은 네일〉이라는 작은 간판을 달고 영업 중인 네일샵이 하나 있다. 네일샵 특성상 주말에는 하루 종일 손님이 끊이질 않지만, 평일에는 주로 동네 단골손님들 위주로 가게가 운영된다. 그중에서도 매주 화요일은 유달리 손님이 적다 보니 사장님은 하루 가게를 쉬고, 직원인 앨리스만 혼자 출근한다.

4층 상가건물 1층에 다닥다닥 붙어 있는 네 가게 중 맨 왼쪽에 있는 앨리스의 네일샵은 작은 공간이지만, 입구가 아기자기하게 꾸며져 있어 종종 지나가는 이들의 발길을 사로잡곤 했다. 가게 앞 미니 테라스에는 잘 관리된 아담한 화분 몇 개가 옹기종기 모여 있는데, 이는 오전 11시 정각에 출근하는 앨리스가 매일 가게 앞으로 일일이 화분들을 내놓기 때문이다.

각각의 화분에는 테이블야자, 행운목, 싱고니움, 스킨답서스, 마리안느 등의 식물이 자라고 있으며 비오는 날을 제외하고는 늘 가게 앞으로 나와 햇살을 듬뿍 받는다. 화분 바로 뒤에 있는 네일샵 유리벽에는 유난히 반짝이는 레터링 네온간판이 빛을 내며 손님들의 시선을 끌고 있다.

'내일은 특별한 일이 생길 거예요!'

앨리스의 오픈 준비는 바로 이 레터링 간판의 전원을 켜는 것부터 시작된다. 네온간판을 켠 뒤, 음악을 틀고 화분을 하나씩 밖으로 내놓는다. 그렇게 모든 준비가 끝나면 마지막으로 가게 정면에 서서 자신이 근무하는 가게를 한 번 바라본다.

"그럼 오늘도 시작해 볼까?"

허공을 향해 내뱉은 당찬 다짐에도 불구하고 앨리스만 출근하는 화요일 오전에는 손님이 거의 오지 않는다. 다른 요일에 비해 거리에 유동 인구가 줄어든 게 확연히 느껴질 정도로 말이다. 사장님은 원래 이 골목에서 화요일에는 가게를 열지 않았는데, 앨리스가 직원으로 들어오면서 〈내일은 네일〉의 화요일 영업이 시작되었다.

손님이 없는 날의 네일샵은 평소와 달리 유난히 시간이 더디게 흘러간다. 그녀는 출근 후 김밥으로 대충 점심을 해결한 뒤, 매장 구석구석을 닦고 정리하면서 첫 손님을 기다렸다. 문득 매장 안으로 쏟아지는 햇살을 보며 시간이 제법 흘렀다고 생각했으나 시곗바늘이 가리키는 현재 시각은 고작 3시였다.

시간이 3시 반을 넘어갈 즈음, 한 남학생이 가게 앞을 지나다 화분을 보고 걸음을 멈추었다. 학생은 마리안느를 보면서 점심에 급식으로 나왔던 오이무침을 떠올리고 있었다. 오이의 껍질을 벗기지 않은 채로 어슷썰기를 하면 저 잎과

상당히 비슷하겠다, 라는 생각을 하는 동안 앨리스가 그를 발견했다.

"학생! 무슨 생각을 그렇게 해요?"

"네? 아… 그… 아, 아니에요! 죄송합니다!"

앨리스는 남학생의 어리숙함에 순간 웃음이 났다.

"잘못한 것도 없는데, 왜 사과를 해요~. 우리 가게를 뚫어지게 보기에 나도 그냥 한번 물어본 거예요."

"아, 그…, 그냥 화분이 예뻐서 봤어요."

예쁘긴커녕, 점심 급식에 나온 오이 반찬과 비교 중이었다고는 차마 대답할 수 없었던 남학생이 황급히 말을 돌렸다. 애지중지 키우는 화분을 오이무침에 비교하면 누군들 기분이 좋을 리 없으니 말이다.

"학생, 혹시 네일아트 안 할래요?"

"네? 네일아트요? 남자가 무슨 네일아트를 해요…."

"손 관리도 네일아트에 들어가요. 보나마나 손 여기저기 부르텄죠? 남학생들은 평소에 핸드크림도 잘 안 바르니까…."

남학생은 곧장 자신의 양손을 들어 올려 손등과 손바닥을

번갈아 확인했다. 방금 그런 말을 들어서인지, 오늘따라 유
난히 손이 더 거칠고 푸석해 보였다. 사실 그는 이제까지 한
번도 자신의 손 따위에 신경을 쓴 적이 없었다.

"근데 저 돈이 없는데⋯."

"이렇게 하는 건 어때요? 저한테 학생의 월요일, 어제 이
야기를 들려주는 거예요. 그럼 전 학생에게 특별한 네일을
선물할게요."

"월요일 어제 이야기요?"

"일단 가게 안으로 들어올래요?"

앨리스는 유리문을 안쪽으로 당기며 가게 안으로 들어오
라는 몸짓을 취했다. 그녀의 조금은 부자연스러우면서도 상
냥한 미소에 이끌린 남학생이 곧 자연스럽게 가게 안으로
들어왔다.

가게 안에는 작은 테이블 두 개가 놓여 있었고, 두 테이블
에 모두 네일아트 도구들이 잔뜩 진열되어 있었다. 앨리스
는 가게 안쪽 테이블로 남학생을 안내했다.

"이쪽으로 앉아요."

"근데 지, 진짜 돈 안 내도 되는 거예요?"

주변을 두리번거리며 자리에 앉은 남학생은 여전히 의심을 거두지 못하고 있었다.

"내가 뭐하러 학생한테 거짓말을 하겠어요? 오늘은 사장님도 출근 안 하는 날이라 괜찮아요. 손을 이쪽으로 좀 올려 줄래요?"

테이블 안쪽 의자에 앉은 앨리스가 자신의 두 손을 내밀며 말했다. 한참을 머쓱해하던 남학생은 이내 쭈뼛거림을 멈추고 자신의 양손을 테이블 위로 올려놓았다. 곧이어 자연스럽게 그녀가 손님의 양손을 맞잡았다. 그러고는 손등과 손바닥을 뒤집어가며 번갈아 확인했다.

"이거 봐요, 온통 거스러미에 큐티클도 엄청 올라왔네. 손톱도 너무 거칠고…."

"그런데 아까 말씀하셨던, 월요일 어제 이야기는 어떤 걸 말씀하시는 거예요?"

"말 그대로 제가 손님의 손을 관리하는 동안 학생은 저한테 어제 하루 이야기를 들려주는 거예요."

"예? 정말 그게 다예요?"

"내가 이야기 듣는 걸 좋아하거든요."

"근데…. 저 어제는 월요일이라 아무 일도 없었는데…."

"에이~ 그럴 리가! 학생이니까 학교는 갔을 거 아니에요?"

"그런 시시한 얘기도 괜찮은 거예요? 그보다는 좀 더 특별한…."

"그런 일상 속 평범한 이야기면 충분해요."

앨리스에게 두 손을 맡긴 남학생은 잠시 무언가를 골똘히 생각하다 입을 열었다.

"으악! 지각이다!"

잠결에 눈을 뜬 희찬은 휴대폰 바탕화면의 시간을 보고 놀라지 않을 수 없었다. 7시에 울려야 하는 휴대폰 알람이 왜인지 울리지 않았고, 어느새 시간은 7시 45분을 훌쩍 넘기고 있었기 때문이다.

"이건 또 왜 무음으로 되어 있는 거야!"

전날 밤, 이불속에서 몰래 모바일 게임을 하던 희찬은 혹여 부모님께 게임 소리가 들릴까 봐 휴대폰 설정을 무음으로 바꾸었다. 문제는 게임을 하던 중 자신도 모르게 잠이 들었다는 것이다.

"엄마! 나 안 깨우고 뭐 했어!"

주방에서 아침 준비를 하던 엄마는 희찬의 짜증에 어이가 없다는 듯 대답했다.

"그러니까 누가 엄마 몰래 밤새 게임 하래?"

"…!"

순간 희찬은 완전범죄를 들킨 것마냥 당황스러움을 감추지 못했다. 그는 전날 밤 이불을 뒤집어쓴 채 휴대폰 소리마저 끄고 게임을 했기에, 부모님께는 당연히 들키지 않았을 거라고 생각했다. 하지만 밤늦게 아들의 방문을 슬쩍 열어본 엄마는 머리까지 뒤덮은 이불 속에서 휴대폰 불빛이 새어 나오는 것을 보고 희찬의 잔꾀를 모를 수가 없었던 것이다.

"아, 엄마…. 지금 그게 문제가 아니야. 이대로는 월요일 아침부터 지각하게 생겼다고!"

"네 지각이랑 엄마가 무슨 상관인데?"

"아! 엄마!"

"항상 말하지만, 학교를 다니는 것도, 공부를 하는 것도 전부 네가 할 일이야. 그 책임을 엄마한테 떠넘기지 마."

희찬의 엄마는 이른 아침, 아들의 당당한 짜증에도 불구하고 조금도 동요하지 않았다. 곧 자신이 처한 상황을 파악한 희찬이 먼저 자세를 낮추었다. 평소에는 잘 사용하지 않는 존댓말까지 써가며 말이다.

"엄마, 저 학교까지 태워다 주시면 안 돼요?"

"내가 왜?"

"아, 엄마…. 앞으로는 안 그럴게요."

"…"

한번 된통 지각을 해봐야 스스로 정신을 차릴 거라 생각했던 희찬의 엄마는 아들의 예상 외의 반응에 잠시 고민하는 듯하더니 이내 그에게 되물었다.

"앞으로는 일찍일찍 잘 거니?"

"네…."

"희찬아, 엄마가 게임을 하지 말라는 게 아니잖아. 도대체 왜 항상 밤늦게까지 게임을 하는 거니?"

"그게, 중간에 멈추는 게 쉽지 않아요…."

"그래서? 또 그러겠다고?"

"아, 아뇨! 앞으로는 진짜 안 그럴게요! 오늘부터는 11시에 꼭 잘게요!"

"어휴…. 알았다, 알았어! 얼른 챙겨서 내려와. 엄마 차 빼고 있을 테니까."

"응! 엄마, 사랑해!"

이럴 때만 애교쟁이가 되는 희찬이 기가 막혔던 엄마는 화장실로 들어가는 아들의 뒤통수를 향해 코웃음을 한 번 친 뒤, 차 열쇠를 챙겨 주차장으로 내려갔다. 아들을 학교에 태워다주고 가게로 출근하면 자신이 운영하는 카페의 오픈이 다소 늦어지겠지만, 그렇다고 중학생 아들의 애교까지 본 마당에 이제 와서 매정하게 태워주지 않을 수는 없었던 것이다.

그렇게 주차장으로 내려간 엄마는 아파트 1층 공동현관문 앞으로 차를 대었고, 경비아저씨에게 양해를 구하자마자 계단을 두 칸씩 뛰어 내려온 희찬이 숨을 헉헉대며 조수석 문을 열었다.

"설마 계단으로 내려왔니?"

"헉···. 헉···. 응! 엘리베이터가 17층에 있더라고, 그거 타면 늦을 것 같아서···!"

"엄마가 지하 주차장으로 내려간 뒤에 곧장 누가 탔나 보네. 아무튼 지금 출발하면 1교시 전에는 도착할 것 같은 데···. 그래도 아침 조례에는 좀 아슬아슬할 것 같고···. 희찬아, 담임 선생님께 연락 먼저 드리렴. 엄마는 너 내려주고 바로 가게로 가야겠다."

"응, 바로 연락드릴게!"

담임 선생님께 연락을 드린 희찬은 조수석 창문을 내려 창밖을 내다보았다. 쌀쌀한 아침 등굣길과 달리 고작 30분 차이인데도, 햇살이 따사로웠다. 그는 창밖으로 오른손을 내밀어 바람을 만지기 시작했다. 손바닥을 움켜쥘 때마다 손가락 사이로 빠져나가는 바람이 야속했지만, 그래도 오늘은 어쩐지 학교에 도착하기 전에 한 번 정도는 바람이 움켜쥐어질 것만 같은 기분이었다.

"희찬아, 손! 엄마가 위험하다고 했지?"

운전대를 잡은 엄마는 시선을 전방에 고정한 채로 희찬에게 말했다. 희찬은 '엄마는 눈이 옆에도 있나?'라는 생각이 들었으나, 이내 말대답을 삼키며 차 안으로 손을 거두었다. 하지만 여전히 창문은 올리지 않았다. 살랑살랑 들어오는 아침 공기와 바람이 두 볼을 간질이는 것만으로도 기분이 좋았기 때문이다. 바람은 방금 희찬이 계단을 뛰어 내려오면서 흘린 이마의 땀을 기분 좋게 말려주었다.

집에서 학교로 가는 길에는 군자교가 나오는데, 버스로 군자교를 지나갈 때면 희찬은 언제나 중랑천이 나타나는 순간을 기다렸다. 그는 계절마다 바뀌는 중랑천의 풍경을 보는 것으로 하루의 시작과 끝을 함께하곤 했다. 하지만 버스로 등하교를 할 때는 버스가 버스전용차로를 지나 순식간에 군자교를 통과했기에, 평소에는 중랑천을 그리 오래 감상하지 못했다. 그런데 오늘은 출근 시간에 가까워서인지, 버스전용차로가 아니어서인지, 군자교에 잠시 정체 구간이 생겼다. 말없이 운전하던 엄마가 고개를 돌려 중랑천을 보더니 갑자기 입을 열었다.

"윤슬이 예쁘네."

"윤슬이 뭐야?"

"저기 중랑천 표면에 반짝이는 잔물결 보이지?"

"그게 윤슬이야?"

"햇빛이나 달빛에 강 표면이 반짝이는 걸 윤슬이라고
해."

"단어가 되게 예쁘다…."

희찬은 순간 왼쪽에서 운전을 하고 있는 엄마의 모습과
오른쪽의 윤슬이 있는 풍경 한가운데 자신이 있다는 것을
깨달았다. 곧이어 두 풍경 사이에서 문득 따스함이 느껴졌
다. 그리고 다시 고개를 돌려 중랑천 끝으로 시선을 옮기
자, 저 멀리 백로와 청둥오리가 느긋하게 하루를 시작하는
것이 그의 시야에 들어왔다.

"엄마, 청둥오리도 늦잠을 잘까?"

"청둥오리 새끼는 태어난 지 이틀 만에 달리고, 헤엄치
고, 스스로 먹이를 찾는대. 누구와 달리 말이야."

"아, 엄마…!"

희찬을 놀리는 게 재밌었던 엄마는 운전하랴, 농담하랴
정신을 집중하지 못한 탓에 사거리의 신호가 바뀐 것도 모
르고 있었다.

빵-! 빵-!

"어머, 내 정신 좀 봐…!"

"매일 이렇게 엄마가 태워주면 좋겠다. 그럼 30분 더 잘
수 있을 텐데."

"아까 분명히 일찍 잔다고 하지 않았어? 고새 마음이
바뀌었나 보네?"

"아, 아니…. 그게 아니라…"

"하하하. 엄마 말 잘 들으면 가끔 이렇게 엄마가 우리 아
들 기사 노릇 해줄게!"

"히힛! 오예~!"

희찬이 싱글벙글해 하던 것도 잠시, 엄마는 교문에서
좀 멀찍이 떨어진 곳에 차를 세우고 희찬을 내려주었다.

"지각한 주제에 엄마 차 타고 학교 온 걸 친구들이 보면
안 되겠지?"

"아, 별로 상관없는데…. 나 그냥 정문 앞에 내려주면 안
돼?"

희찬은 이왕 편하게 온 거, 엄마가 교문 앞에서 내려주
기를 내심 바랐다. 하지만 그런 희찬에게 엄마는 단호하게

말했다.

"희찬아, 지각은 부끄러운 거야. 알고 있어?"

"아, 알겠어. 알았다고! 엄마 나 갈게!"

이미 학교에 도착한 이상, 더 이상의 잔소리는 듣고 싶지 않았던 희찬은 엄마의 말을 자르며 차에서 내렸다. 그리고 곧 서둘러 정문을 향해 뛰어가기 시작했다. 희찬의 엄마는 아들이 뛰어가는 모습을 한참 바라보다 차를 돌렸다.

"…그리고 학교에서 수업 듣고, 점심 급식 먹고, 6교시 마치고 하교하고…. 어제는 정말 별거 없었어요. 그런데 정말 이런 얘기로 충분할까요?"

"에이, 아무 일도 없었던 건 아니었네요. 그러니까 월요일 아침부터 지각을 했단 말이죠?"

"아…, 저도 정말 어제가 처음이었어요! 중학교 올라와서 진짜 처음이요!"

앨리스는 이야기를 들으며 버퍼로 남학생의 손톱 표면을

매끈하게 갈았다. 그녀는 곧이어 양손을 따뜻한 수건으로 감싼 채 꾹꾹 누르며 마사지를 시작했다. 남학생은 아주 잠시, 자신의 손끝에서 이대로 잠들어버릴 것만 같은 나른함을 느꼈다. 앨리스는 핸드 마사지로 부드럽게 불어난 큐티클을 니퍼를 이용해 깔끔하게 제거했다.

"와…. 손톱에서 광이 나네요. 마치 윤슬 같아요."

"학생 입에서 윤슬이라는 단어가 나오니까 되게 생소하네, 어린 친구들은 잘 안 쓰는 단어인데…."

"어제 엄마가 알려줬으니까요!"

"약속대로 학생의 월요일 어제 이야기를 들려줬으니, 그럼 저는 특별한 내일을 선물할게요."

"내일이요? 네일이 아니라…?"

"아마 내일 학교에 가면 특별한 일이 생길 거예요."

"정말요? 어떻게요?"

"그건 내일 학교에 가보면 알게 되겠죠?"

"감사합니다! 제가 같은 반 여자애들한테 소문 많이 낼게요!"

"어? 그러지 말아요, 사장님이 알면 곤란하거든요."

앨리스는 검지를 입술에 가져다 댄 뒤, 한쪽 눈을 찡긋하며 미소를 지었다.

다음 날 학교에 간 희찬은 전날 네일샵 직원의 말이 맴돌아 하루종일 마음이 뒤숭숭했다. 정말로 오늘 자신에게 어떤 특별한 일이 생기는 것일까? 손바닥 쪽으로 손가락을 접어 반짝이는 열 개의 손톱을 보자 그는 괜스레 기분이 좋아졌다. 여느 남학생들이 그렇듯 그동안 자신의 손톱에는 늘 흙이 끼어 있거나, 큐티클 주변으로 거스러미가 가득했기 때문이다.

희찬의 바로 왼쪽 옆 분단에는 서나가 앉아 있었는데, 같은 반이 된 이후로 희찬은 줄곧 남몰래 서나를 좋아하고 있었다. 건강해 보이는 구릿빛 피부를 가진 서나는 성격도 쾌활하여 남학생과 여학생 모두에게 인기가 많았다. 희찬은 같은 반 다른 여자 친구들과는 쉽게 대화하곤 했지만, 이상하게 서나에게만은 입이 떨어지지 않았다. 서나 역시 그런 희찬에게 굳이 말을 걸지 않았다. 상황이 이렇다 보니 희찬은 같은 반 친구로서조차 서나와 변변한 대화 한 번 해보지 못했고, 그저 쉬는 시간마다 창밖을 보는 척 서나를 힐끔거리며 몰래 자신의 마음을 키워갔다.

2교시 수업을 마치는 종이 울리자마자 희찬은 오늘도 역시 기지개를 켜면서 자연스럽게 서나의 옆모습을 힐끗 쳐다보았다. 그 순간 갑자기 필통 정리를 하던 서나의 지우개가 희찬의 책상 아래로 데구루루 굴러오기 시작했다.

"앗!"

희찬은 기지개를 거두며 재빨리 지우개를 주워 서나에게 건넸다.

"여, 여기 있어…!"

"어? 희찬아, 너 손 되게 예쁘다!"

"어… 어…?"

지우개를 건네받은 서나가 희찬의 손을 낚아채며 말했다. 전혀 예상치 못했던 칭찬에 몸 둘 바를 몰랐던 희찬은 바보처럼 말을 더듬으며 동시에 얼굴까지 빨개져 버렸다. 더더구나 서나는 여전히 자신의 손을 붙잡은 채로 말을 이어나가고 있었다. 짝사랑하던 여자애의 스킨십으로 인해 불타오르는 자신의 볼을 자각한 희찬은 차마 서나의 눈을 정면으로 마주 보지도 못했다. 그나마 다행인 것은 서나의 정신이 온통 희찬의 손에 쏠려 있다는 것이었다.

"우리 반 남자애들 손은 대부분 투박하던데, 넌 손이 엄청 곱네?"

"고, 고마워…!"

서나가 자신의 손을 붙들고 남자 손이 왜 이리 곱냐며 부러운 듯 요리조리 훑어보는 동안, 희찬은 온몸이 간질거리는 기분이 들었다.

그동안 털털한 서나가 쉬는 시간이나 점심시간에 다른 남학생들과 허물없이 대화하는 걸 보면서 희찬은 내심 그들을 부러워했었다. 그런데 오늘 처음으로, 자신도 서나와 내용이 있는 제법 긴 대화를 나누게 된 것이다. 어제 네일샵 직원이 말했던 '특별한 내일'이 정말로 선물처럼 희찬에게 도착했다.

희찬은 날아갈 듯한 발걸음으로 하굣길에 다시 〈내일은 네일〉에 들렀다. 그런데 오늘은 전날과 달리 매장 안 두 테이블에 모두 사람이 앉아 있었다. 그 장면을 본 희찬은 차마 가게 안으로 들어갈 엄두가 나지 않았다. 그렇게 쭈뼛거리며 가게 앞을 서성이던 희찬을 발견한 앨리스가 대신 가게 밖으로 나왔다.

"학생, 또 왔네요?"

"누나, 안녕하세요! 저…, 그…, 혹시 어떻게 한 거예요? 어제 여기서 네일 받고 저한테 정말로 특별한 일이 생겼어요!"

희찬은 조급한 듯 발을 동동거리며 속삭이듯 말했다. 가게 안에서 매장 밖 두 사람을 뚫어지게 응시하고 있는 바로 저 사람이 아마도 앨리스가 말했던 이곳 사장님일 테니, 희찬은 어제 가게에서 있었던 일은 최대한 작게 이야기해야 한다고 생각했다.

"정말요? 어떤 특별한 일이 생겼는데요?"

동시에 같은 반 친구들이 혹시라도 지나가다 들을 수도 있으므로 희찬은 주변을 두리번거리며 거리에 아무도 없는 것을 재차 확인했다. 그러고는 곧 앨리스에게만 들릴 정도로 조곤조곤 이야기를 꺼냈다.

"우리 반에 제가 좋아하는 여자애가 한 명 있는데요, 쉬는 시간에 그 친구가 지우개를 떨어뜨렸거든요? 그런데 마침 지우개가 제 책상 밑으로 굴러들어온 거예요! 그래서 제가 그 지우개를 재빨리 집어서 돌려줬더니, 서나가 제 손을 덥석 잡으면서 손이 너무 곱다고…!"

"그 여학생 이름이 서나구나?"

"아, 아…! 아! 아뇨! 아…, 망했다….""

자신의 비밀을 들켜버린 것이 부끄러워 귀까지 빨개진 희찬은 양손으로 머리를 쥐어뜯으며 자책하기 시작했다. 중학생 특유의 그런 어리숙한 모습마저 귀여웠던 앨리스는 미소를 지으며 희찬의 이야기를 마저 들어주었다.

"그래서요? 계속 얘기해 봐요."

"다, 다른 남자애들은 손이 투박한데, 제 손은 걔들과 달리 곱다면서… 제 손을 요리조리 살펴보더라고요! 저 오늘 처음으로 서나랑 제일 길게 얘기해 봤어요!"

"오, 축하해요!"

"이게 다 누나 덕분이에요! 그런데 정말 어떻게 한 거예요?"

"내가 뭘요?"

"누나가 제 월요일 이야기를 들으면서 특별한 내일을 선물해 준다고 하셨잖아요!"

"잘못 들은 거 아니에요? 저는 내일이 아니라 네일이라고 했는데…?"

"예? 아, 뭐야…. 그런 거였어요? 아…, 아닌데…. 분명히 어제…, 내일 학교에 가면…."

뭔가 께름칙했던 희찬은 자신의 전날 기억을 되짚어보며 곰곰이 다시 생각을 해보았다. 하지만 천연덕스러운 앨리스의 표정에서 정말로 자신이 잘못 들은 거였나 보다, 하는 생각으로 바뀌었다. 그도 그럴 것이, 희찬에게 그런 일이 생길 거라고 어느 누가 예측할 수 있었겠는가.

"아마도 내일이 되면, 학생의 특별했던 오늘도 결국 어제가 되겠죠?"

"어? 우와! 그러네요!"

"그래서 말인데 학생, 하나 물어보고 싶은 게 있는데…. 먼 훗날, 한 10년, 15년 뒤쯤?"

"15년 뒤라면…, 제가 서른 살이요?"

"서른 살에 희찬 학생이 중학생 시절을 떠올리면, 윤슬이 먼저 떠오를 것 같아요? 서나가 먼저 떠오를 것 같아요?"

"예?"

"살면서 과거 어느 시점을 돌아보았을 때, 이를테면…, 지금 희찬 학생의 유치원 시절을 떠올려보면 가장 먼저 떠오르는 이미지가 뭐예요?"

"유치원이요? 유치원 앞에 엄마가 서 있던… ."

"유치원에서 좋아하던 여자애 이름은 기억하나요?"

"아, 아뇨… . 어…? 전혀 기억이 안 나요… ."

"그것 봐요. 특별하다고 생각했던 순간이 허무하게 기억 속에서 사라지기도 하고, 매일매일 반복되던 평범한 일상이 미래에는 특별한 순간이 될 수도 있어요."

"아… ."

희찬은 문득, 유치원 앞에서 자신을 기다리고 있던 엄마의 모습이 바로 어제의 일처럼 생생하게 느껴졌다. 10년 전, 분명히 아무 날도 아니었을 평범한 어떤 하루의 조각 같은 기억이 말이다.

영지의 월요일, 아빠의 쑥떡

오늘도 앨리스는 '내일은 특별한 일이 생길 거예요!' 레 터링 네온간판을 켠 다음 가게 앞 미니 테라스에 화분을 내 놓으며 하루를 시작한다. 〈내일은 네일〉의 미니 테라스에 는 계절마다 놓이는 화분이 종종 바뀌는데, 이번에 새로 주 문한 비덴스는 꽃봉오리가 노란 야생화다. 비덴스는 피고 지는 개화기간이 봄부터 가을까지 제법 긴 꽃으로, 꽃 수술 이 앙증맞은 종이별 모양이다.

앨리스는 분무기로 비덴스에 물을 한 번 뿌려준 뒤 가게 안으로 들어와 거울 앞으로 다가갔다. 그리고 거울 속 자신을 향해 한껏 미소를 지어 보인 뒤, 스스로에게 되뇌었다.

'자연스럽게… 자연스럽게….'

손님 앞에서 자연스럽게 웃고 싶었던 앨리스는 매일 아침 거울을 보며 자연스럽게 웃는 연습을 하곤 했다. 그녀의 웃음은 이곳에서 처음 근무를 시작할 때보다는 많이 자연스러워졌지만, 여전히 미묘한 어색함이 있었다. 다행히 사장님과 함께 근무하는 날에는 앨리스가 무리하지 않아도 늘 사장님이 대신 밝은 미소로 손님을 환대했다. 하지만 사장님이 쉬는 화요일에는 평소보다 조금 더 무리를 해서라도 최대한 자연스러운 미소로 손님을 맞이하려고 그녀는 노력했다.

"홀리~ 홀리~ 나만의 파라다이스~!"

화요일의 네일샵은 오롯이 앨리스만의 공간으로 탈바꿈한다. 앨리스가 좋아하는 음악을 틀고, 앨리스가 좋아하는 향의 인센스를 피운다. 다른 요일이라고 해서 그렇게 하지 못하는 것은 아니지만, 그녀는 사장님이 없는 화요일마다 가게를 좀 더 자신의 색으로 물들이곤 했다.

가게 앞에 노랑 꽃 화분이 놓이자, 지나가던 초등학생들이 힐끗힐끗 보기 시작했다. 확실히 어린 친구들일수록 원색에 대한 선호도가 높다. 앨리스는 조만간 색깔 있는 꽃을 더 주문해야겠다고 생각했다.

두 명, 세 명 우르르 몰려서 하교하는 아이들의 재잘거림이 듣기 좋았던 앨리스는 가게 안에 흐르고 있던 음악의 볼륨을 낮추었다. 그렇게 30분가량 네일샵 앞으로 하교하는 아이들 무리가 줄줄이 이어졌다. 잠시 후 거리가 한산해졌을 무렵, 멀리서 혼자 책가방을 흔들며 걸어오는 한 여자아이가 앨리스의 눈에 들어왔다.

'저 아이는 친구가 없나?'

그녀가 속으로 이름 모를 여자아이의 교우관계를 걱정하는 순간, 저 멀리서 또래 친구가 아이의 이름을 부르며 헐레벌떡 뛰어오고 있었다.

"영지야! 같이 가!"

"너 오늘 청소 당번 아니야?"

"그러니까! 나 기다려주는 거 아니었어?"

"엥? 나 교무실 들렀는데? 선생님이 심부름!"

"뭐야! 난 또 기다리다 지쳐서 나 버리고 먼저 가는 줄 알았잖앙~"

"모지? 기다리지도 않은 게 더 서운한 거 아냐?"

"뭐가 중요해, 어차피 집 가는 길에 이렇게 만났는뎅~"

두 여자아이는 서로 까르르거리며 가게 앞을 지나갔다. 앨리스는 아이들의 웃음소리가 멀어지는 것을 한참 동안 멍하니 듣고 있었다.

'몇 학년일까? 키가 5~6학년 정도 되어 보이던데….'

그녀는 종종 이렇게 가게 앞으로 지나가는 아이들의 학년을 짐작해 보곤 했다. 인근 중학생과 고등학생은 교복과 명찰 색을 조합해서 학년을 가늠할 수 있지만, 초등학생은 저학년과 고학년 정도의 구분만 가능할 뿐 학년까지 맞추는 것은 쉽지 않았다. 하지만 그날 저녁, 엄마와 딸 손님이 나란히 네일샵을 방문하면서, 앨리스의 궁금증은 생각보다 빨리 풀리게 되었다.

"어서 오세요! 어?"

앨리스는 인사를 하자마자 손님의 딸이 낮에 본 여자아이라는 걸 깨달았다.

"안녕하세요!"

"요 앞 초등학교 다니는 꼬마 맞지?"

"저 꼬마 아닌데요?"

아이가 발끈하자 그녀는 곧바로 자신의 개인적 호기심을 포장한 질문을 던졌다.

"아, 미안, 미안! 그럼 학생은 몇 학년이야?"

"5학년이요!"

'꼬마'에서 '학생'이라는 표현으로 바꾸어 부른 것만으로 표정이 밝아진 여자아이는 신나게 자신이 5학년임을 어필했다. 앨리스는 그 모습이 너무나 귀엽고 사랑스럽게 느껴졌다.

"그럼 우리 5학년 학생은 이름이 뭐예요?"

"저는 영지예요! 김영지!"

"저희 애를 아세요?"

아이의 엄마가 신기하다는 듯 그녀에게 물었다.

"아이들 하교할 때 요 앞으로도 많이들 지나가거든요. 갈래머리 땋은 게 예뻐서 종종 눈에 띄었어요."

"영지야, 앞으로는 하교할 때 네일아트 언니한테도 인사드려야겠다, 너~."

"응!"

앨리스는 엄마 손님을 자신의 네일 테이블로 안내한 뒤, 바로 옆 비어 있는 사장님 테이블 손님 의자에 쿠션을 하나 받쳤다. 곧 여자아이는 알겠다는 듯 쿠션 위에 앉아 허공에 발을 동동거렸다. 그리고 가게 안을 두리번거리며 앨리스에게 물었다.

"와…. 언니, 저 매니큐어들 진짜로 다 쓰는 거예요?"

"그럼! 전부 사용하는 매니큐어지~."

"예쁘다, 저도 얼른 커서 매니큐어 바르고 싶어요…!"

"영지 넌 매니큐어 하려면 아직 한참 멀었거든?"

엄마 손님이 딸아이의 머리를 한 번 쓰다듬은 뒤 가볍게 볼을 꼬집으며 말했다. 여자아이는 엄마의 화장대를 처음 발견한 꼬마 아이처럼 가게 안 형형색색의 매니큐어들을 넋놓고 바라보았다. 물론 엄마의 화장대에서 매니큐어를 본 적은 있지만 고작 2~3가지 색 정도였고, 그리 예쁜 색들도 아니었다. 하지만 〈내일은 네일〉 안 매니큐어 매대에는 마치 48색 크레파스처럼 알록달록한 색들이 순서대로 진열되어 있었다.

"저 회사에서 일할 때 보니까 퍼플은 색이 너무 튀더라고요. 이번에는 좀 무난한 컬러로 할 수 있을까요?"

"그럼 이번에는 연한 컬러로 바꿔드릴까요?"

앨리스는 베이지 계열 매니큐어들을 꺼내 선보였다. 손님은 그중 분홍빛이 살짝 도는 베이지색을 골라서 그녀에게 내밀었다.

"오늘은 그럼 이 색으로 부탁드려요."

앨리스는 쨍한 색깔의 기존 네일을 지운 뒤, 간단하게 큐티클을 정리했다. 그런 다음 손님이 방금 고른 연한 베이지색으로 조심스럽게 손톱을 칠했다.

"피…, 맨날 엄마만 예쁜 거 하고….."

옆 테이블에서 엄마가 네일아트 받는 모습을 물끄러미 바라보던 아이가 토라진 말투로 혼잣말을 중얼거렸다. 미루어보건대 아이는 평소 엄마 화장대에서 여러 가지를 탐냈지만, 아마도 어느 것 하나 허락받지 못한 채 수도 없이 제지만 당했을 것이다. 중학생만 되어도 같은 반 친구에게 빌려서 틴트 정도라도 슬쩍 발라볼 테지만, 아직 젖살도 빠지지 않은 초등학생은 엄마의 화장대가 아니고서야 화장품 한 번 발라볼 기회조차 없었을 테니 말이다. 그렇게 입술을 삐죽 내민 채 토라져 있는 모습이 너무나 귀여웠던 앨리스는 아이에게 한 가지 제안을 했다.

"엄마 손톱 관리 다 끝나면, 우리 영지 학생은 쌤이 봉숭아물 들여줄까?"

"진짜요? 정말이에요?"

"어머님만 허락하시면….."

매니큐어를 칠하던 앨리스가 고개를 살짝 들며 손님을 흘끗 쳐다보았다.

"아….. 뭐, 전 상관없는데….. 근데 영지야, 학교에서 뭐라고 안 해?"

"괜찮아~. 소민이도 지난번에 학교에 봉숭아물 들이고 왔는데, 선생님이 소민이 손톱 보고 뭐라고 안 했어!"

앨리스의 제안에 여자아이는 들뜬 마음을 감추지 못했다. 아이는 기다리는 동안 자신의 맨 손톱을 거듭 들여다보며 엄마의 손톱이 몇 개나 칠해지고 있는지 셈하기 시작했다.

"끝났습니다. 그럼 이번엔 따님….."

"저, 죄송한데요, 나온 김에 옆 가게에서 머리도 좀 할까 하는데…. 옆집이 커트를 그렇게 잘한다고 소문났더라고요."

"아, 맞아요. 윤지 살롱 사장님 커트 정말 잘하세요."

"그럼 아이가 봉숭아물 들이는 동안, 머리 좀 하고 와도 될까요?"

"그럼요, 봉숭아물은 30분이면 되니까요."

간만의 외출에 들뜬 손님은 네일샵에 딸을 맡긴 뒤, 서둘러 옆 가게로 건너갔다.

"언니, 저 진짜로 손톱에 봉숭아물 해주시는 거예요?"

"그럼, 방금 엄마도 허락하셨잖아!"

"와! 내일 학교 가서 친구들한테 자랑해야지~. 저 봉숭아물 예쁘게 해주세요!"

"그럼 영지야, 언니한테 영지의 월요일 어제 이야기를 들려줄래? 그 대신 언니는 영지한테 특별한 네일을 선물해 줄게."

"예? 월요일 어제 이야기가 뭐예요?"

"말 그대로 영지한테 어제 하루 동안 있었던 이야기를 언니한테 들려주는 거지."

"월요일 어제…, 어제 무슨 일이 있었더라…."

여자아이는 앨리스에게 두 손을 맡긴 뒤, 어제의 기억을 회상하기 시작했다. 그러고는 곧 조잘조잘 자신의 어제 이야기를 들려주었다.

월요일은 6교시 수업이 있는 날이라 2시에 학교가 끝난다. 영지는 학교 수업을 마치자마자 집을 향해 신나게 발걸음을 옮겼다. 아이의 부모님은 맞벌이를 하시기 때문에 평소 영지는 빈집에 들러 가방만 내려놓은 뒤 곧장 학원으로 향한다. 그런데 어제는 웬일로 아빠가 집에 계셨다. 평일 낮에 아빠가 집에 있는 모습을 보자 영지는 괜히 설레기 시작했다. 아빠가 집에 있는 것만으로도 월요일이 주말처럼 느껴졌기 때문이다.

"아빠! 웬일이야?"

"아빠 오늘 몸이 좀 안 좋아서 연차 내고 회사에 안 갔어."

"진짜? 그럼 나도 오늘 미술학원 빠질래!"

"괜찮겠어? 엄마가 허락할까?"

"아빠가 대신 학원에 전화해 주면 되잖아~. 그리고 엄마한테는 비밀로 하면 되지!"

두 사람은 서로 잠시 뚫어지게 바라보다 빵, 하고 웃음을 터뜨렸다. 결국 아빠는 영지를 향해 슬며시 고개를 끄덕였다. 그건 영지의 학원 땡땡이에 공범이 되어주겠다는 뜻이었다.

영지는 현관 바로 옆 화장실에서 먼저 손을 씻은 뒤, 방으로 들어가 가방을 풀었다. 다시 거실로 나와서 소파에 기대어 앉은 아빠를 본 영지는 그제야 아빠가 걱정되기 시작했다.

"아빠, 많이 아파?"

"오전에는 많이 안 좋았는데, 약 먹고 나니까 좀 살 만하네."

"근데 있잖아, 나도 아빠가 아픈 건 싫은데…. 아빠가 집에 있는 건 좋다? 히히히…."

"아빠도 아픈 건 싫은데, 아파서 회사 빠지는 건 너무 좋다? 하하하!"

영지는 아빠 옆에 나란히 앉아 아빠가 보고 있던 다큐멘터리를 함께 시청했다. 이상하게도 혼자 볼 때는 하나도 재미없었던 다큐멘터리가 아빠와 함께 볼 땐 하나도 지루하지 않았다. 왜냐하면 아빠는 다큐멘터리를 보는 내내 영지에게 재밌는 이야기를 곁들여주기 때문이다.

"옛날 고대 이집트에서는 치과 치료도 받을 수 있었대."

"거짓말! 말도 안 돼!"

"정말인데? 미라 같은 거 복원하면 백골 치아에 충치 치료 흔적이 고스란히 남아 있더라는 거야."

영지는 아빠가 들려주는 이야기들이 너무나 흥미로워서 빠져들지 않을 수 없었다. 아빠는 세계사는 물론이고, 조선시대부터 근현대사까지, 모르는 게 없었다.

"아빠, 정말로 고종황제가 커피를 마셨어?"

"그럼! 그때는 커피를 가배라고 불렀는데, 고종황제가 특히 커피를 좋아했지~."

"말도 안 돼, 그건 너무 이상해…!"

영지는 곤룡포를 입은 고종황제가 텀블러에 담긴 아이

스 아메리카노를 마시는 모습을 도무지 상상할 수 없었다. 그런 영지의 상상이 너무나 깜찍했던 아빠는 배를 잡고 웃음을 터트리며 딸의 머리를 쓰다듬었다.

"아무렴 고종황제가 텀블러에 아-아를 마셨겠니? 하하하!"

"…?"

아빠의 웃음을 이해하지 못했던 영지는 왜인지 아빠에게 놀림당한 기분이 들어 입술을 삐죽 내밀고 양손으로 팔짱을 끼어서 자신이 매우 화가 났음을 표현했다. 그리고 이따가 저녁에 엄마가 퇴근하면 오늘 있었던 일을 고스란히 일러바쳐야겠다고 결심했다. 미술학원 땡땡이 공범을 고자질하는 건 자신에게도 위험부담이 있겠지만, 그래도 자기보다는 아빠가 훨씬 더 크게 혼날 거라고 생각했다.

부녀의 동맹은 그렇게 깨지는 듯 보였다. 한껏 토라진 영지가 씩씩거리며 입을 꾹 다물고 있는 동안, 아빠는 그런 딸아이를 달래는 대신 부엌에 있는 냉동실을 뒤적이기 시작했다.

"영지야, 아이스크림 먹을래?"

"싫어!"

"그럼 아빠 혼자 먹는다? 하하하!"

아빠는 언제나 여유롭게 영지를 약 올리곤 했다. 영지는 매번 그런 아빠가 너무나 얄미우면서도 말재간으로는 도무지 아빠를 이길 수 없었다. 아빠는 늘 유머와 여유가 있었고, 엄마처럼 뾰족뾰족하지도 않았다. 그때 냉동실을 뒤적이던 아빠가 갑자기 무언가를 발견했다.

"오, 이게 있었네."

영지는 아빠가 방금 발견한 게 뭔지 너무나 궁금했지만, 절대로 자신이 먼저 아빠에게 말을 걸지는 않겠다고 다짐했다.

"가만 보자~ 설탕이~ 어디 있나~."

평소 영지의 아빠는 종종 혼잣말을 노랫말로 바꾸는 습관이 있었는데, 바로 이 습관이 오늘따라 더욱 영지의 호기심을 자극했다.

'도대체 냉동실에 뭐가 있었던 걸까? 설탕은 왜 찾는 거지?'

'타다다닥.'

곧 주방 부엌에서 가스레인지를 켜는 소리가 들려왔다. 더 이상 궁금증을 견딜 수 없었던 영지는 결국 자신이 삐졌다는 사실도 잊은 채 부엌으로 달려갔다.

"아빠! 뭐 해?"

"기다려봐, 아빠가 금방 맛있는 거 해줄게!"

아빠는 프라이팬을 꺼내 식용유를 아주 살짝 두른 뒤, 키친타올로 식용유를 슥슥 펴 바르기 시작했다. 그리고 그 위에 냉동 쑥떡을 하나씩 올려서 타지 않게 골고루 뒤집었다.

"이게 뭐야? 도대체 뭘 만드는 거야?"

한 번도 본 적 없는 아빠의 요리에 영지의 호기심이 폭발하기 일보직전이었으나, 아빠는 그런 영지의 마음을 아는지 모르는지, 콧소리를 흥얼거리며 느긋하게 쑥떡을 구웠다.

"엄마는 한 번도 이런 거 만든 적 없어! 아빠가 잘못 알고 있는 거 아니야?"

엄마의 레시피가 아닌 요리에 겁먹은 영지는 아빠가 사고를 치고 있다고 생각했다.

"에헤이, 기다려보라니까~"

어느새 완벽하게 체력을 회복한 아빠는 더 이상 아파서 연차를 쓴 직장인의 모습이 아니라 땡땡이에 신이 난 회사원의 모습이었다. 영지는 그런 아빠를 보면서 묘하게 기분이 좋아졌다. 이번엔 자신이 아빠의 땡땡이 공범이 된 기분이 들었기 때문이다.

앞뒤로 노릇노릇하게 구워진 쑥떡은 어느새 넓은 면이 바삭한 갈색을 띄었다. 고소한 냄새가 영지의 코끝을 간질이자, 그제야 그녀는 아빠가 대단하다고 생각했다.

"우와, 엄청 맛있는 냄새가 나! 이제 먹어도 되는 거야?"

"아니, 아직 가장 중요한 단계가 남았지."

아빠는 쑥떡 사이사이에 설탕을 솔솔 뿌렸다. 곧 프라이팬에 떨어진 설탕이 지글지글 끓자 쑥떡의 양면을 녹은 설탕으로 코팅했다.

"아빠 진짜 대단해! 너무 맛있겠다!"

영지는 방금까지 아빠한테 단단히 삐졌었다는 걸 까맣게 잊은 채 아빠의 요리에 매료되었다. 엄마는 한 번도 이런 걸 만들어준 적이 없을뿐더러, 이런 요리는 방송에서도 본 적이 없었다.

아빠가 찬장에서 접시를 꺼내 쑥떡을 하나씩 옮겨 담자 젓가락 끝으로 설탕 실이 죽죽 늘어났다. 영지는 뾰족하게 굳은 설탕 실을 손으로 모아 입안에 털어 넣었다. 싸구려 단맛이 혀끝으로 느껴지면서, 순간 '이게 뭐야?' 싶었으나 동시에 묘하게 중독성이 있는 맛이었다.

아빠는 따끈한 쑥떡 위로 한 번 더 설탕을 솔솔 뿌린 뒤, 포크 두 개를 챙겨 거실 테이블로 가져갔다. 영지는 아빠 뒤를 졸졸 따라가 접시에 코를 박고 냄새를 맡았다. 방금 혀끝에서 녹았던 그 맛이 이번에는 냄새로 다가왔다. 차이가 있다면 강한 쑥 향이 섞여 오묘한 냄새를 풍기고 있다는 것이었다.

영지는 이 정체 모를 음식의 맛이 너무나 궁금해졌지만, 차마 먹어볼 엄두를 내지 못하고 있었다. 왜냐하면 영지는 사실 쑥떡 자체를 별로 좋아하지 않았기 때문이다. 아빠의 엉뚱한 행동에 잠시 호기심이 발동하긴 했지만, 그래도 역시 텁텁한 쑥 향을 맡고 나니 다시금 마음이 갈팡

질팡했다. 그런 영지의 마음을 눈치챈 아빠가 포크를 건네며 물었다.

"먼저 하나 먹어볼래?"

"으음…. 아빠가 먼저 먹어봐!"

영지의 아빠는 어깨를 한 번 으쓱한 뒤 포크로 쑥떡 하나를 깊게 찔렀다. 아빠가 뜨거운 쑥떡 구이를 작게 한입 베어 물자, 그 안에서 연기가 모락모락 새어나왔다. 아빠는 "아뜨뜨…!" 하면서 마치 뜨거운 호떡을 베어 문 양 입을 동그랗게 오므리며 호호거렸다.

"어우, 맛있다! 이거이거, 완전 꿀맛이구만!"

더 이상 참을 수 없었던 영지는 에라 모르겠다는 마음으로 쑥떡 구이 하나를 입으로 가져갔다. 설탕 코팅이 빠작 소리를 내며 그 안에 있던 쑥떡이 주욱 늘어났다. 영지는 미간을 찡그리며 감탄을 연발했다.

"으음! 맛있어! 아빠 이거 진짜 너무 맛있어!"

쫄깃한 쑥떡과 달달한 설탕 코팅의 조화가 상상도 못했던 맛의 조화를 이끌어낸 것이다. 영지는 그렇게 정신없이 아빠의 쑥떡 구이를 먹어치웠다.

"어때? 아빠 비장의 무기가!"

"아빠, 설마 이거 아빠만 만들 수 있는 거야?"

"그럼! 엄마는 한 번도 해준 적 없다며."

"대단해! 과자보다 더 맛있어! 난 추석 때 송편도 쑥송편은 골라내고 먹었는데, 쑥떡이 이렇게 맛있는 줄 오늘 처음 알았어!"

"대신 이건 절대로 영지 네가 직접 만들면 안 돼. 프라이팬이 탈 수 있거든."

"그럼 다음에 또 먹고 싶으면 어떻게 해?"

"아빠한테 살짝 말해. 그럼 엄마 몰래 만들어줄게."

"엄마한텐 비밀이야?"

"아마…도? 엄마 알면 아빠 혼날 것 같은데…."

"알았어! 엄마한텐 절대 말 안 할게!"

영지는 아빠한테 새끼손가락을 걸어 보이며 반드시 비밀을 지킬 것을 맹세했다.

이렇게 부녀는 비밀을 하나씩 주고받으며 어제보다 확실히 조금 더 가까운 사이가 되었다. 주말에는 엄마랑 아빠 두 분 다 집에 계시니, 영지가 다음에 쑥떡 구이를 먹을 수 있는 날은 아마도 또 다른 아빠의 땡땡이 날이 될 것이다.

"…여전히 쑥떡은 싫은데, 아빠가 만들어준 설탕 쑥떡구이는 열 개도 먹을 수 있을 것 같아요! 어때요? 저의 어제 이야기!"

영지는 자신의 월요일 어제 이야기를 마치 특별한 이야기 보따리를 풀어내듯 흥미진진한 눈빛으로 신나게 설명했다.

"굉장히 흥미로운 하루였네?"

"네! 맞아요. 그리고 엄청 행복했어요!"

앨리스는 영지의 손톱에 올린 봉숭아 분말을 네일 푸셔로 슬쩍 밀어보았다. 요새는 시중에서 봉숭아 분말을 따로 팔기 때문에, 더 이상 옛날처럼 봉숭아 잎을 따다가 짓이긴 뒤 백반 가루를 섞어서 물을 들이지 않는다. 비닐과 고무줄로 밤새 돌돌 동여매지 않아도 봉숭아 분말에 물만 조금 개어서 손톱에 딱 30분만 올려놓으면 아주 진한 주황빛 손톱을 가질 수 있다. 손톱 주변 피부 전체가 무섭게 물들지도 않고, 손톱만 딱 예쁘게 말이다.

앨리스는 영지의 손톱에 올려두었던 봉숭아 분말을 티슈로 말끔하게 닦아낸 뒤, 따뜻한 수건으로 다시 한번 손을 깨끗하게 닦아주었다. 영지는 자신의 손톱 냄새를 킁킁 맡아 보더니, 이내 미간을 찡그리며 인상을 썼다.

"아마 내일까지는 냄새가 좀 날 거야."

"냄새가 좀 고약하긴 한데…, 대신 색이 너무 예뻐요!"

"영지가 들려준 흥미로운 월요일 어제 이야기의 대가로 언니가 선물한 네일은 좀 시시하지 않니?"

"언니! 세상에 시시한 내일이 어디 있어요! 저는 아마 오늘도 내일도 어제만큼 행복할걸요?"

"언니가 말한 건 내일이 아니라 네일인데…."

"아! 그러니까 제 말은…. 이 주홍빛 손톱도 너무너무 예쁘다고요!"

영지는 손가락을 쫙 펼친 뒤 자신의 양손을 흐뭇하게 바라보았다. 곧 커트를 마친 영지 엄마가 가게로 돌아왔다.

"영지야, 오래 기다렸지?"

"아니? 네일 언니랑 얘기하느라 시간 가는 줄 몰랐어."

"이제 집에 가자. 쌤, 감사해요! 영지도 쌤한테 인사드려야지."

"감사합니다! 안녕히 계세요."

엄마와 함께 가게를 나서던 영지가 갑자기 쪼르르 달려와 앨리스의 귓가에 속삭였다.

"근데 오늘 얘기는 엄마한테 비밀이에요. 엄마가 알면 아빠 또 혼나거든요."

진경의 월요일, 비 오는 삼청동

화요일 오전 11시, 어김없이 '내일은 특별한 일이 생길 거예요!' 레터링 네온간판에 불이 켜졌다. 앨리스는 미니 테라스에 화분을 내놓으며 오랜만에 식물들에게 물을 주었다. 네일샵의 화분들은 주로 열대 식물이라서 물을 너무 자주 주게 되면 오히려 뿌리가 썩는다. 이런 식물들은 매일 꾸준히 관찰하면서 겉흙이 마를 즈음에 흠뻑 물을 주면 되는데, 그렇게 하면 한동안은 물을 주지 않아도 생육에 지장이 없다. 그래서 앨리스는 하루 날을 잡아서 화분들에 일제히 물을 준다. 심지어 이번에 새로 들인 코랄빛 제라늄은 유독 과습에 민감하여 다른 식물들보다 좀 더 작은 화분으로 따로 옮겨 심어야 했다. 그럼에도 불구하고 홑겹의 아름다운 꽃들이 화려한 색을 자랑하는 제라늄은 화분 한 개만으로도 지나가던 사람들의 시선을 확 사로잡았다.

"안녕하세요, 가게 앞의 화분들이 참 예쁘네요!"

"어서 오세요!"

직장인들의 퇴근 시간 무렵, 손님이 가게 문을 열고 들어오자 앨리스는 조금 어색한 미소와 손짓으로 자신의 네일 테이블을 가리켰다. 손님은 어깨에 있던 핸드백을 내려놓으며 자리에 앉았다.

"요 앞에 있는 꽃 색이 너무 예뻐서 홀리듯이 들어왔지 뭐예요?"

"제라늄 말씀이시죠?"

"아, 저 꽃 이름이 제라늄이에요? 혹시 저 꽃이랑 같은 색으로 네일 가능할까요?"

손님의 요청사항에 앨리스는 고개를 돌려 가게 밖 제라늄을 확인했다. 그리고 자신의 뒤에 진열된 매니큐어들을 살펴보기 시작했다. 진열대 둘째 줄에 있었던 코랄 계열 중에서 그나마 가장 비슷해 보이는 매니큐어 두 개가 눈에 띄었다. 앨리스는 자리에서 일어나 진열대에서 매니큐어를 꺼내 손님에게 보여드렸다.

"이 중에 어떤 컬러가 마음에 드세요?"

"우와, 너무 예뻐서 못 고르겠어요!"

"이건 핑크 코랄, 이건 오렌지 코랄이에요. 그런데 밖에 있는 꽃은 이 두 컬러의 딱 중간 색 같지 않아요?"

"어머, 저도 그렇게 생각했어요!"

"그럼 이 두 가지 컬러를 퐁당퐁당 교차로 칠해드리는 건 어떠세요?"

"너무 좋죠! 그럼 그렇게 해주세요!"

손님은 아직 매니큐어를 칠하지도 않은 열 손가락을 스스로에게 활짝 펼쳐 보이며 방금 고른 두 컬러가 어떤 느낌으로 칠해질지 미리 상상해 보았다. 그동안 앨리스는 테이블 위의 네일 도구를 다시 한번 가지런하게 세팅했다.

"실례가 아니라면, 손님 성함이 어떻게 되시나요?"

"아, 저는 진경이에요."

"그럼 제가 네일아트 시술하는 동안, 편하게 진경 씨라고 불러도 될까요?"

"좋아요, 그럼 저도 앨리스 쌤이라고 부를게요!"

앨리스의 왼쪽 가슴에 있는 명찰을 확인한 손님이 명랑하게 대답했다.

그녀는 딱 봐도 외향적인 성격의 소유자였다. 초면에 낯도 가리지 않으면서 상대를 친근하게 대하는 그런 류의 사람 말이다. 앨리스는 자신에게 부족한 밝은 기운이 있는 진경 씨 같은 손님을 좋아했다.

"진경 씨, 괜찮으시다면 혹시 저한테 진경 씨의 월요일 어제 이야기를 들려주실 수 있으세요? 그럼 저는 오늘 진경 씨에게 특별한 네일을 선물해 드릴게요."

"선물이라면…, 네일아트 비용을 안 받으신다고요?"

"네, 들으신 대로요."

"아, 그런데…. 제가 어제 출근을 해서…. 실은 이렇다 할 별다른 일이 없었거든요."

"출근길 이야기, 퇴근길 이야기…. 뭐든 상관없어요. 월요일의 직장인이야 뭐 빤한걸요. 제가 뭐 얼마나 대단한 걸 기대하고 이런 제안을 했겠어요?"

앨리스가 가볍게 웃어 보이자, 손님은 마지막으로 한 번 더 확인했다.

"정말 아무 얘기나 해도 되는 거예요?"

"물론이죠, 그럼 이제 진경 씨의 어제 하루 이야기를 들려주시겠어요?"

여느 직장인이 그렇듯, 진경은 월요일이 제일 피곤했다. 아침에 몸을 일으키는 것부터, 세수를 하고 출근 복장을 고른 뒤 화장을 하는 일련의 모든 과정이 유독 월요일만 되면 두 배로 버겁게 느껴졌다. 그럼에도 알람이 울리면 기상하고, 기지개를 켜며 혼잣말로 짜증을 낼지언정 매주 반복되는 일상 속에서 진경은 쳇바퀴를 돌 듯 오늘도 어김없이 출근길에 나섰다.

"어젯밤에 드라마 좀 적당히 볼걸…"

월요일 출근 지하철에는 이상하리만큼 평소보다 사람

이 많다. 월요일에만 출근하는 직장이 있는 것도 아닌데, 도대체 왜 월요일 지하철만 이렇게 붐비는 것인지, 진경은 그 이유가 항상 궁금했다.

그녀는 매일 아침 광나루역을 출발해 종로3가역에서 3호선으로 환승한다. 고작 한 정거장을 더 가기 위해 하는 환승이 번거로울 때면 가끔 종로3가 5번 출구로 내려서 걸어갈 때도 있다. 5번 출구에서 안국역까지는 생각보다 금방인 데다가, 안국역에서 약 10분 정도만 더 걸어가면 진경의 직장이기에 출근시간이 빠듯하지 않을 땐 나름 걸을 만한 거리였다.

진경이 이곳 직장으로 이직한 지도 벌써 3년째였다. 예전 직장에 비해 출근 시간은 좀 더 늘어났지만, 그래도 연봉을 올려서 이직했기에 그녀는 현재의 직장이 제법 만족스러웠다. 하지만 아무리 그래도 사무실 책상 앞에 앉아 있는 월요일 아침 9시 반은 지루하기 짝이 없었다. 심지어 업무도 도통 손에 잡히지 않았다. 바로 그때 진경의 휴대폰이 진동했다.

💬 진경아, 나 오늘 퇴근하고 삼청동 갈 일이 있는데 잠깐 볼래? 전해줄 게 있어서.

💬 뭔데?

💬 주말에 제주도 다녀왔는데, 공항에서 너한테 줄 기념선물을 하나 샀거든!

💬 진짜? 고마웡!

월요일 아침의 꿀꿀한 기분이 친구의 문자를 받자마자 저 멀리 사무실 밖 허공으로 사라져버렸다. 그리고 그때부터 그녀의 신경은 온종일 퇴근 시간 후로 집중되었다. 퇴근길에 삼청동 골목 앞에서 친구를 만나 선물을 받는다, '당연히 저녁도 함께 먹겠지? 저녁 메뉴를 의논한 것은 아니지만….' 상상만으로도 귀찮았던 업무가 하나둘씩 술술 풀렸다.

진경은 6시 정각에 팀장님과 동료들에게 인사를 건넨 뒤 가벼운 발걸음으로 사무실 계단을 사뿐사뿐 내려갔다. 친구와의 약속은 7시였지만, 오랜만에 삼청동 골목길이 걷고 싶었던 그녀는 담장 길을 걸으면서 친구를 기다려야겠다고 생각했다. 삼청동 골목길에는 예쁜 꽃집과 앙증맞은 소품들을 파는 가게가 그림처럼 들어서 있었는데, 진경은 가끔 퇴근 후 이곳에 들러 자그만 액세서리를 구입하곤 했다. 하지만 오늘은 친구와의 저녁식사로 어떤 곳이 좋을지 미리 한 번 둘러볼 요량으로 시간을 넉넉히 두고 칼퇴근을 한 것이다.

물론 근무 중 틈틈이 인터넷으로 미리 맛집을 알아볼 수도 있었다. 하지만 가게의 외관이라든가 실내 분위기는 인터넷 후기와 차이가 있을 수 있으므로, 진경은 자신이 직접 골목길을 산책하면서 식당을 엄선해야겠다고 생각했다. 그런 들뜬 마음으로 그녀가 사무실로부터 500m쯤 벗어났을 때, 갑자기 빗방울이 한두 개씩 떨어지기 시작했다.

'지나가는 비겠지? 오늘 예보에는 비 소식이 없었는데….'

진경은 다시 사무실로 돌아가 우산을 챙겨야 할지 잠시 고민했다. 하지만 출근길에 확인한 일기예보에서 별다른 언급이 없었기에, 지금 내리는 이 빗방울은 가볍게 지나가는 비일 거라 확신했다. 그리고 부슬비 정도야 어깨만 살짝 젖는 정도일 테니, 맞아도 괜찮을 거라고 생각했다.

하지만 진경이 삼청동 골목에 다다르자 빗방울은 점점 더 굵어지기 시작했다. 부슬비 정도로 여겼던 빗방울이 쌓이고 쌓여 어느새 진경의 겉옷이 홀딱 젖어버렸다. 그때 친구로부터 문자가 하나 도착했다.

💬 진경아, 아직 퇴근 안 했지? 내가 오늘 우산을 안 챙겨 나와서…. 근데 그쪽도 비 오지 않아? 예보에도 없는 비가 내려서 금방 그칠 줄 알았는데, 도무지 잦아들 기미가 안 보이네…. 기념선물은 나중에 전해줄게! 미안!

문자를 받은 진경은 허탈함에 기운이 빠졌다. 심지어 누구를 탓할 수도 없는 상황이었다. 기념선물을 주려던 친구에게 화를 낼 수도 없었고, 약속 시간보다 일찍 사무실을 나서는 바람에 비를 맞게 된 상황 역시 자신이 자초한 것이었다. 굳이 탓을 하자면 예보를 제대로 하지 못한 기상청 탓이랄까? 하지만 이미 젖어버린 옷은 꿉꿉하기 이

65

를 데 없었고, 이런 모습으로 퇴근길 만원 지하철을 탄다는 생각만으로도 그녀는 벌써부터 피로가 몰려왔다.

그 누구의 잘못도 아니었으나, 하루를 망쳐버린 기분이 든 진경은 집에 가자마자 씻고 혼자서 드라마나 봐야겠다고 생각했다. 동네에서 중식당을 운영 중이신 부모님은 어차피 오늘도 집에 늦게 들어오실 테니 말이다.

"…말하고 보니 어제는 생각보다 더 형편없는 하루였네요…. 근데 정말 이런 얘기로 네일이 무료예요?"

"그럼요, 약속했잖아요. 그보다 어제 아무 일도 없었던 건 아니었네요?"

"결국 아무 일도 없었던 거죠. 오전부터 잔뜩 기대했던 친구와의 약속이 날아가 버렸잖아요. 요새는 약속이 취소되면 내심 반가워하는 사람들도 제법 있다고 하던데, 전 너무 허탈해요. 하루 종일 그 약속만 생각하거든요."

"기대했던 약속이…. 그것도 약속 시간 직전에 파투 나면 좀 허탈하긴 할 것 같아요."

앨리스는 진경의 하소연에 공감하며 그녀의 마지막 새끼 손톱에 오렌지 코랄색 매니큐어를 칠했다.

"우와! 예쁘다! 기대했던 것보다 훨씬 더 예뻐요!"

개구리처럼 양 손가락을 활짝 펼친 채 자신의 손톱을 감상하던 진경은 여전히 의아한 눈빛을 거두지 못하고 있었다.

"이렇게 예쁜데, 정말 무료로 받아도 되나…."

"진경 씨가 월요일 어제 이야기를 들려주셨으니, 약속대로 저는 특별한 네일을 선물해 드릴게요."

"네일이요? 내일이요? 잘 못 들었어요."

"뭐든요. 그건 진경 씨 마음먹기에 따라 달렸죠."

다음 날 진경은 아침부터 기분이 들떠 있었다. 수요일은 일주일의 딱 중간이기 때문에 이틀만 더 출근하면 반가운 주말이 온다. 게다가 전날 네일까지 받아서 근무 중 손끝만 봐도 하루 종일 입가에 생긋생긋 미소가 머물렀다. 탕비실에서 커피를 타는 동안에도, 회의실에서 서류를 복사하는 동안에도, 퐁당퐁당 교차로 칠해진 코랄 빛 네일아트 위로 사무실 형광등이 광택을 내며 반사되고 있었다. 진경은 역시 기분이 꿀꿀할 땐 네일아트만 한 게 없다고 생각했다.

구내식당 점심 메뉴는 웬일로 진경이 가장 좋아하는 쌀국수가 나왔고, 지난주 허겁지겁 제출했던 기획서는 기대도 안 했는데 결재가 났다. 진경은 왜인지 전날 네일샵 직원이 했던 말이 떠올랐다.

"특별한 내일을 선물해 드릴게요."

직원은 분명 네일이라고 했지만, 진경은 자기 좋을 대로 기억을 수정했다. 그래서인지 그녀는 어쩐지 정말로 특별한 내일을 선물받은 기분이었다. 심지어 언짢았던 전날의 이야기와 맞바꾸어서 말이다. 그다지 대단한 이야기도 아니었는데…. 그런 하찮은 일상 얘기로 이렇게 예쁜 네일아트를 무료로 받았다고 생각하니, 아닌 밤중에 횡재한 기분이었다. 그렇게 들뜬 마음으로 진경은 퇴근 후 오랜만에 부모님의 가게에 들러야겠다고 생각했다.

부모님 식당은 광나루역을 기준으로 그녀의 집과 반대 방향에 있어서, 평소에는 자주 들르지 못했다. 특히 퇴근길에는 온몸이 무거워서 정말이지 꼼짝도 하고 싶지 않은데, 5분이면 갈 수 있는 집을 가게에 들르면 25분이나 돌아서 걸어

가야 했다. 부모님은 가끔 진경에게 퇴근 전에 가게에 들러 저녁을 먹고 가라고 연락하곤 하셨는데, 그런 연락이 반갑지 않았던 것도 바로 이 같은 이유 때문이었다.

"진경아, 퇴근했지? 가게 들러서 저녁 먹고 가."

"피곤해…. 그냥 집에 가서 배달시켜 먹을게."

"엄마 가게에서 먹으면 공짠데 뭐 하러 돈을 써!"

"아, 몰라. 그냥 돈 쓰고 덜 피곤할래…."

진경은 부모님의 직업 덕분에 어려서부터 짜장면은 정말이지 질리도록 먹었던 터였다. 하지만 오늘은 왜인지 오랜만에 부모님의 짜장면이 먹고 싶었다.

"엄마, 나 왔어!"

"퇴근했니? 네가 웬일로 가게엘 다 들렀대?"

"엄마, 나 우리 가게 짜장면 먹고 싶어!"

주방에 있던 진경의 아버지가 머리를 빼꼼 내밀며 딸을 반겼다.

"우리 딸, 아빠 짜장면이 먹고 싶었어? 그럼 당연히 해줘야지! 우리 가게 1등 손님인데!"

"아, 오바야…. 그냥 간만에 짜장면이 땡기더라고…."

"그래, 조금만 기다려. 아빠가 금방 해줄게!"

진경은 아빠의 들뜬 모습이 조금 어색했지만, 별로 개의치 않았다. 그저 자신이 오랜만에 가게에 들른 게 반가워서 저러시나 보다, 정도로 받아들였다. 계산대에 있는 엄마의 표정도 평소와 달리 심란해 보였지만, 진경은 그 역시 깊게 생각하지 않았다. 잠시 후 주방에서 김이 모락모락 나는 짜장면 그릇이 담긴 쟁반을 든 아빠가 나타났다.

"진경이 전용, 해물 곱빼기 짜장면 나왔습니다~"

"으음, 맛있겠다! 오랜만에 아빠 짜장면 먹으려니까 막 위장이 요동을 치는데? 헤헷."

진경은 아빠에게 엄지를 치켜세우며 수저통의 젓가락을 집어 들었다.

"어제오늘 하루 종일 손님이 없었는데…. 니 아빠가, 그래도 자식 입에 자기 음식 들어가는 걸 보니 기운이 나나 보다."

짜장면을 한입 크게 삼키는 딸의 모습을 본 아빠가 흐뭇한 표정을 지으며 주방으로 돌아가자, 계산대에 있던 엄마가 진경의 맞은편에 앉으며 말했다.

"요새 장사 잘 안 돼?"

"불경기라 그렇지 뭐…. 에이 뭐, 우리만 안 되는 게 아니라 맞은편 족발집, 길 건너 호프집 다 상황이 비슷비슷해."

"그렇구나…."

진경은 홍합 껍데기에서 살을 분리하며 엄마와 마저 대화를 나누었다.

"그래도 월요일에는 제법 장사가 돼서 간만에 재료가 떨어졌지 뭐니. 예보에도 없었던 비가 갑자기 쏟아지는 바람에 단체 손님이 들어왔거든! 어디 유명한 카페 직원들이라는데 휴무일에 다 같이 등산 왔다가 1차로 막걸리하고 해산하려는 순간 비가 쏟아지니까 바로 옆집인 우리 가게로 들어온 거지. 오랜만에 백주가 제법 나갔어~."

진경은 들뜬 엄마의 모습을 보면서 잠시 이상한 기분이 들었다. 그녀에게 특별한 내일이 되어준 수요일이 부모님에겐 온종일 가게에 파리만 날리는 날이었고, 궂은 날씨로 인해 형편없는 어제라 여겼던 월요일이 부모님에게는 간만에 웃음을 안겨줬기 때문이다. 그녀는 문득 전날 네일샵 직원의 말이 떠올랐다.

"그건 진경 씨 마음먹기에 달렸죠."

진경은 생각했다. 퇴근 후 비가 왔을 때 자신에게 우산이 있었더라면, 그리 형편없는 월요일이 아니었을지도 모른다. 아니, 우산이 없었더라도 그 순간 인근 가게의 차양막 아래에서 비를 피하는 방법도 있었다. 그보다 더 근본적으로는, 내리는 비를 맞는 게 그리 짜증 나는 일만도 아니었다. 그날은 그다지 추운 날씨도 아니었고, 젖은 옷은 집에 와서 빨면 되니까.

그러고 보니 진경의 부모는 장사가 시원찮아도 인근 가게들 모두 비슷한 상황이라는 점에서 오히려 위안을 삼고, 통명스러운 딸의 방문을 일등 손님이라 추켜세우며 기쁘게 짜장면을 요리했다.

쳇바퀴를 도는 다람쥐와 줄을 서서 대관람차를 기다리는 손님의 차이를 만드는 것은 과연 무엇일까? 형편없는 일상과 특별한 하루의 차이는 어쩌면 자신의 마음가짐에 달려 있는 게 아닐까?

지루한 어제를 부정하며 특별한 내일을 기다리는 사람은 쳇바퀴를 도는 다람쥐가 행복할 것이라고는 생각하지 않는

다. 하지만 다람쥐의 어제는 우리가 알지 못하는 소소한 행복으로 가득 차 있을지도 모른다. 무엇보다 당신의 모든 날은 결국 '어제'가 된다.

선일이 월요일, 등교 메이트

앨리스는 오랜만에 늦잠을 잤다. 그나마 다행인 것은 오늘이 화요일이라는 것이다. 〈내일은 네일〉 사장님의 비번일. 그녀는 서둘러 출근 준비를 마친 뒤 가게로 향했다.

가게는 앨리스의 원룸에서 걸어서 10분 거리에 있다. 매일 아침 가게로 걸어가는 동안 이웃 주민들 또는 상인들과 가끔 인사를 나누기도 한다. 처음에는 인사를 받아주지 않는 앨리스를 동네 사람들이 못마땅하게 생각했는데, 언젠가부터 그녀가 먼저 동네 사람들에게 인사를 건네기 시작했다. 그렇게 가벼운 안부 인사까지 나누는 사이가 되는 데 걸린 시간은 무려 2년이었다.

"네일아트!"

'네일아트'는 앨리스가 종종 들르는 꽃집 사장님이 앨리스를 부르는 호칭이다. 꽃집 사장님은 그녀가 이 동네에서 가장 먼저 친해진 상가 주민이었다. 앨리스가 관리하는 〈내일은 네일〉 가게 앞 미니 테라스의 화분들은 대부분 사장님네 꽃집에서 구입한 것들이었고, 그러는 동안 어느새 서로 안면이 쌓여 어떤 때는 사장님이 먼저 화분을 추천해 주기도 하고, 또 어떤 때는 앨리스가 먼저 꽃집 사장님에게 인사를 건네기도 했다.

"안녕하세요!"

"지금 출근하는 거야? 오늘은 좀 늦었네?"

"늦잠을 좀 잤어요."

"이거 봐라~ 내일 사장한테 일러야겠구먼?"

"어우, 사장님! 그러지 마셔요~."

손사래를 치며 어색하게 웃는 앨리스에게 꽃집 사장님이

대뜸 물었다.

"자기, 혹시 자기네 가게에서 물어뜯는 손톱 교정도 해?"

"물어뜯는 손톱이요?"

"우리 애가, 지금까지 손톱 뜯는 습관을 못 고쳐서⋯. 엄지손톱이 아주 요만해."

꽃집 사장님은 엄지와 검지를 바짝 붙여 앨리스 코앞에 들이밀었다. 그 순간 앨리스가 움찔하며 고개를 슬쩍 뒤로 내빼자, 꽃집 사장님은 재빨리 손을 거두며 호탕하게 웃어넘겼다.

"아무튼 자기가 우리 애 손톱 좀 봐줄 수 있어?"

앨리스는 무언가 잠시 곰곰이 생각하다, 이내 고개를 끄덕였다.

"저희가 물어뜯는 손톱 관리를 따로 하지는 않지만, 엄지손톱만이면 젤네일을 좀 두껍게 칠해보는 것도 괜찮을 것 같아요."

"뭐든 좀 부탁해요."

"그런데 학생이 네일아트를 해도 괜찮아요?"

"요즘 고등학생들 별거 다 해~. 우리 애 반에는 염색한 애들도 있는걸!"

액션이 큼직큼직한 꽃집 사장님은 이번엔 손으로 자신의 머리 주변을 둥글게 휘저으며 학생들의 염색을 표현했다.

"아…, 그래요? 그럼 자녀분 하교하는 대로 네일샵으로 보내주세요."

"네일아트, 고마워~!"

꽃집 사장님은 아이의 손톱을 표현하기 위해 붙였던 엄지와 검지로 이번에는 작은 손 하트를 만들어 앨리스에게 보여줬다. 앨리스는 옅은 미소와 가벼운 목례로 인사를 대신했다.

가게에 도착한 앨리스는 제일 먼저 서랍 속 젤네일을 살펴보았다. 요새 학교가 아무리 자유롭다고 해도 학생에게 알록달록한 컬러를 칠하는 건 좀 망설여졌기에, 투명한 제품을 먼저 찾아보았다. 이리저리 서랍을 뒤적이던 앨리스는 이내 자신의 서랍 안에 투명색이 없다는 것을 깨달았다. 곧 사장님 자리로 건너가 서랍을 열자 그 안에는 매장에 진열하지 않은 다양한 컬러의 젤네일이 들어 있었다.

'투명색이… 여기 있다!'

투명색을 찾은 그녀는 서랍 안쪽에서 젤네일을 꺼낸 뒤 자신의 네일 테이블로 가져왔다. 점심 햇살이 가게 안으로 들어오자 테이블 위 매니큐어들이 반짝반짝 빛을 내기 시작했다. 마치 윤슬처럼 말이다.

그렇게 점심시간이 지난 뒤 두 명의 중년 여자 손님과 한 명의 젊은 아가씨 손님이 차례대로 네일아트 시술을 받고 돌아갔다. 세 명의 손님을 연속으로 받은 앨리스는 그림자가 서서히 길어질 즈음 잠시 한숨을 돌렸다. 그러던 늦은 오후, 한 남학생이 가게 안으로 쭈뼛쭈뼛 들어왔다.

"어서 오세요."

"아…. 저…, 그…."

네일샵을 방문하는 남자 손님은 그다지 흔치 않았기에 앨리스는 처음에는 학생이 길을 물으러 들어왔다고 생각했다.

"어디 찾으세요?"

"그, 그게 아니라…, 엄마가 보내서…."

"엄마가요?"

앨리스는 순간 꽃집 사장님이 떠올랐다. 그녀는 너무나 당연하게 딸아이라고 생각했는데, 다시금 생각해 보니 출근길에 주고받았던 꽃집 사장님과의 대화 속에서 한 번도 딸이라는 표현은 나오지 않았다. 심지어 남학생의 안경 너머엔 꽃집 사장님의 눈매가 슬며시 묻어 있었다.

"아! 앉아요, 앉아. 이쪽으로…."

쭈뼛거리는 남학생에게 자리를 안내한 앨리스는 잠시 뒤 더 큰 난관에 봉착했다. 남학생의 손톱에 정말로 젤네일을 칠해도 되나 고민이 되었기 때문이다.

"엄마한테 얘기는 들었어요? 남학생 손톱에 젤네일을 칠해도 괜찮을까? 투명색이긴 한데…."

"엄지손톱만이면 괜찮을 것 같아요."

"아, 다행이네요! 어디, 손 한번 보여줄래요?"

"여기…, 제가 무의식중에 손톱을 너무 물어뜯어서요…."

남학생이 두 손을 테이블 위에 올리자 유독 짧은 양 엄지손톱이 그녀의 눈에 들어왔다. 문제는 손톱뿐만 아니라 손톱 주변의 살까지 심하게 상해 있다는 점이었다.

"어유, 왜 이 지경이 되도록 물어뜯었어요?"

"습관이라서…."

"이거 한 번에는 안 돼요. 꾸준히 관리해야 하니까…. 근데 우리 학생은 이름이 뭐예요?"

"선일이요. 최선일."

"멋진 이름이네!"

"아, 네…."

"그럼 선일 학생, 지금부터 누나한테 학생의 월요일 어제 이야기를 들려줄래요? 그럼 누나는 학생에게 특별한 내일을 선물해 줄게요."

"어제요?"

"젤네일 시술하는 동안 선일 학생의 어제 이야기를 들려 줘요."

"아, 음…. 네, 그러죠 뭐."

남학생은 일말의 의심도 없이 곧바로 앨리스의 제안을 수락했다.

"선일, 하이."

"기헌, 하이."

월요일 아침 7시 반, 아차산역 3번 출구 앞에서 만난 선일과 기헌은 여느 때처럼 주먹 인사를 한 뒤, 학교를 향해 걸어갔다.

"어제 뭐 함?"

"게임."

"무슨 겜? 롤?"

"배그."

"모배(모바일 배그)?"

"모배가 겜이냐? 당근 PC지."

"키보드 새로 샀어?"

"응. 타격감 좋은 걸로. 근데 누나가 시끄럽대."

"너네 누나가 더 시끄럽지 않아?"

"그러니까."

언젠가부터 선일과 기헌은 매일 아침 따로 약속을 잡지 않아도 자연스럽게 아차산역에서 만나 함께 등교를 했다. 원래는 마을버스를 타고 학교를 다녔는데, 두 사람이 함께 걷기 시작한 이후로 선일의 통장에는 버스비가 차곡차곡 모였다. 덕분에 굳은 버스비로 게임 CD를 구입할 수 있었다.

이른 아침이다 보니 아침 바람이 제법 쌀쌀했고, 두 학생은 주머니에 손을 넣은 채로 어깨를 귀 옆으로 바짝 붙인 채 나란히 걸었다. 선일은 언제부터 기헌과 함께 걸어서 등교하기 시작했는지, 왜 걷기 시작했는지 잘 기억나지 않았다. 그냥 언젠가부터…. 자신의 기억 저 끄트머리 어딘가의 언젠가부터 7시 반에 기헌을 만나는 것이 선일의 당연한 아침 일과가 되었다.

아차산역 사거리에서 오른쪽으로 꺾어서 쭉 직진하다 보면 구의사거리가 나온다. 두 학생이 학교를 가기 위해선 구의사거리에서 횡단보도를 한 번 건너야 하는데, 선일과 기헌은 이 횡단보도 신호를 예측하기 위해 늘 사거리 교통신호등을 먼저 살폈다. 교통신호등이 빨간불일 땐 느긋하게 걷다가 파란불로 바뀌면 누가 먼저랄 것도 없이 서둘러 뛰기 시작한다. 그런데 이날은 그들의 보행속도와 횡단보도 신호등의 신호가 절묘하게 맞아떨어져, 둘은 동시에 "나이스!"를 외치며 마치 런웨이를 걷는 모델처럼 멈추지 않고 그대로 죽 걸어 길을 건넜다.

두 사람이 함께 출발할 때쯤에는 입에서 살포시 나오던 입김이 학교에 조금씩 가까워지면서 더 이상 나오지 않았다. 곧 움츠렸던 어깨가 펴지면서 주머니에서 손을 뺀다.

"이따 보자."

"얍! 이따 보자."

반이 다른 선일과 기헌은 정문을 지나자마자 간단하게 인사만 하고 계단에서 찢어졌다. 그리고 점심시간이 되자 다시 운동장에서 마주쳤다. 남학생들은 축구공 하나만 있으면 전교생이 하나로 뭉칠 수 있었기에 급식 종이 울리자마자 허겁지겁 급식을 해치운 뒤, 너 나 할 것 없이 운동장으로 쏟아져 나왔다.

선일과 기헌은 어느 날은 같은 팀이었다가 또 어느 날은 상대 팀이 되기도 했다. 두 사람은 매일 점심마다 땀에 교복이 흠뻑 젖을 때까지 운동장을 뛰고 또 뛰었다. 오늘은 기헌이 속한 팀이 2대 1로 선일의 팀을 이겼다.

수업을 마친 뒤, 교문 앞에서 마주친 두 사람은 별다른 인사말도 없이 또다시 나란히 걷기 시작했다.

"집에 가면 뭐 함?"

"오늘은 유로트럭."

"그거 재밌냐?"

"하다 보면?"

"사거리 PC방 갈래?"

"거기 컴 구려."

"그럼 코인노래방?"

"오, 코노 콜."

선일은 가방을 뒤져 천 원짜리 두 장을 꺼냈다. 기헌은
주머니를 뒤져 500원짜리 세 개를 찾아냈다. 코인노래방
을 향해 걸어가는 동안 두 학생은 주먹을 입가에 가져다
댄 채로 큼! 큼! 하면서 각자 목을 풀었다.

"오늘따라 술이 너무 쓰네요~♬"

"소주잔에 비치는 그대의 얼굴~~!♪! 워우워~~!!"

목청이 터져라 노래를 부른 뒤, 코인노래방을 나온 선
일은 기헌과 함께 자판기 음료수를 뽑아 마셨다. 캔 음료
를 마시며 집으로 걸어가던 두 사람은 아차산역에서 인사
를 나누었다.

"선일, 바이."

"기헌, 바이."

그렇게 둘은 서로 뒤도 돌아보지 않은 채로 각자 자신

의 집으로 향했다.

"…그게 다예요."

"품-!"

선일의 엄지손톱에 신중하게 젤네일을 칠하던 앨리스가 갑자기 웃음을 터트렸다.

"왜 웃으세요?"

"아니 무슨 중학생이 술 마시는 노래를 불러요? 술 마셔 봤어요?"

"아, 아뇨…."

선일은 머쓱한지 시술받지 않은 쪽 손으로 괜히 머리를 긁적였다. 또래 친구들과 노래방에 가면 언제나 다 함께 부르는 18번인 애창곡이었는데, 어른들이 보기에는 좀 우스울 수도 있겠다는 생각이 뒤늦게 든 것이다.

"그나저나 매일 그렇게 친구랑 같이 걸어서 등하교를 하는 거예요?"

"네."

"왜요?"

"딱히… 이유는 없어요."

"그럼 오늘도 똑같았겠네요?"

"그, 그쵸…."

앨리스는 선일의 양 엄지손톱에 두껍게 올린 젤네일을 굳히기 위해 램프를 가져왔다.

"그럼 제가 학생한테 특별한 내일을 선물해도 크게 달라질 게 없겠네요?"

"어? 내일이요? 네일 아니었어요?"

"네일이 될 수도 있고, 내일이 될 수도 있죠."

"특별한 내일이라…. 아! 저한테 좋은 생각이 떠올랐어요!"

"뭔데요?"

"내일이 특별해지는 방법이요."

선일은 마치 힌트라도 얻은 듯 빙그레 웃었다.

"선일, 하이."

"기헌, 하이."

수요일 아침 7시 반, 아차산역 3번 출구에서 만난 선일과 기헌은 어제와 똑같이 주먹 인사를 한 뒤, 학교를 향해 걸어 갔다.

　"어제 뭐 함?"

　"웹툰 봄."

　"무슨 웹툰?"

　"신의 탑."

　"그거 아직도 안 끝났어?"

　"세계관 확장됨."

　"유료로 봄?"

　"그럴 리가."

　두 학생은 오늘도 주머니에 손을 넣은 채로 어깨를 귀 옆 으로 바짝 붙이고 나란히 걸었다. 아차산역 사거리에서 오 른쪽으로 꺾어 직진했고, 횡단보도 신호는 아쉽지만 두 사 람의 눈앞에서 빨간불로 바뀌었다.

　"까비~"

　"그러게."

　횡단보도에 서서 신호를 기다리는 동안 선일은 사거리에

든 아침 햇살을 보면서 어느새 입김이 사라진 것을 깨달았다. 곧 신호가 바뀌었고, 두 사람은 다시 학교를 향해 걷기 시작했다. 그렇게 한참을 걸어 학교 정문을 지나 건물 계단이 나오자 늘 건네던 같은 인사를 나눈 뒤 각자의 반으로 찢어졌다.

"이따 보자."

"얍! 이따 보자."

선일과 기헌은 오늘 점심도 별다른 약속 없이 운동장에서 마주쳤다. 그리고 땀에 교복이 흠뻑 젖을 때까지 운동장을 뛰고 또 뛰었다. 오늘은 둘이 한 팀이었고, 축구는 2대 0으로 졌다.

수업을 마친 뒤, 교문 앞에서 마주친 두 사람은 별다른 인사말도 없이 또다시 나란히 걷기 시작했다.

"야."

"왜."

앞만 보고 걷던 선일이 갑자기 발걸음을 멈추었다. 그러자 앞서 가던 기헌이 뒤돌아보며 대답했다.

"뭔데?"

선일은 차도 쪽으로 몸의 방향을 바꾸어 선 다음 기헌에게 말했다.

"우리 지금부터 30분 동안 지나가는 버스 대수 한 번 세볼래?"

"……몇 번 버스?"

"버스는 전부."

"마을버스 포함?"

"포함."

"콜."

기헌이 선일의 곁으로 걸어와 핸드폰을 꺼냈다.

"지금부터 30분이지?"

"응. 지금부터."

그렇게 두 사람은 자신들의 앞으로 지나가는 버스를 세기 시작했다.

"야, 저기 한 대 또 온다."

"7대."

"한 대 더 온다. 어? 뒤에 마을버스 숨어 있음."

"9대⋯."

"몇 분 남았냐?"

"아직 멀었어, 임마."

"근데 우리 이거 왜 하는 거야?"

"그냥."

"야야, 버스 또 온다."

"10대…."

그렇게 30분 동안 두 사람 앞으로 지나친 버스는 총 17대
였다. 30분이 지나자 두 사람은 다시 묵묵히 집을 향해 걸었
다. 선일은 오늘 하루가 굉장히 특별하게 느껴졌다. 오늘의
기억은 아마 10년 뒤, 20년 뒤에도 허탈한 웃음과 함께 살면
서 불쑥불쑥 떠오를 것이다. 어쩌면 마을버스를 볼 때마다,
또는 이 길을 지나갈 때마다.

그는 평범한 일상 속 소소한 행복의 가치를 이미 알고 있
었다. 아차산역에 도착한 선일과 기헌은 그곳에서 서로 인
사를 나누었다.

"선일, 바이."

"기헌, 바이."

다솔의 월요일, 완벽한 틴트

〈내일은 네일〉은 옹기종기 모여 있는 상가건물의 1층 맨 끝에 있는 가게다. 주변에는 초등학교와 중학교가 하나씩 있어서 간판을 보고 들어오는 손님은 많지 않다. 그래서 주로 홈페이지 예약을 통해서 손님을 관리한다. 반면 매주 화요일에는 사장님이 쉬고, 앨리스 혼자서 출근하다 보니, 예약 손님보다는 현장 손님 위주로 하루가 흘러간다. 그렇다 보니 어떤 날은 오전 장사를 아예 공칠 때도 있고, 또 어떤 날은 퇴근할 때까지 손님을 두 명만 받은 날도 있었다. 그래서 사장님은 화요일 매출에는 그다지 신경을 쓰지 않는다.

"사장님, 화요일마다 가게 홍보 겸, 제 시술 실력도 쌓을 겸 해서 이벤트성으로 한두 분 정도 무료 시술을 해드려도 될까요?"

"앨리스가 하고 싶은 대로 해요. 원래 화요일은 영업도 안 하는 날이었는데 뭘…. 그래도 앨리스가 들어온 이후로 화요일 예약 손님도 받을 수 있게 돼서 마음이 얼마나 편한지 몰라. 전에는 화요일만 시간이 된다는 손님들을 놓칠 때마다 너무 아까웠거든."

앨리스의 〈내일은 네일〉 화요일 비밀 영업은 사실 비밀이 아니었다. 사장님은 직원을 신뢰하고 있었고, 앨리스 역시 그런 사장님의 기대에 부응하는 직원이었다.

가게 앞 미니 테라스의 화분들도 앨리스의 아이디어였다. 네일아트를 받으러 오는 손님들은 대부분 기분전환을 위해서 관리를 받는다. 그렇기 때문에 가게 입구에서부터 식물들이 반겨주면 자신도 모르게 경직된 마음이 풀리는 것이다.

그녀는 처음엔 잎사귀가 풍성한 식물 위주로 진열했지만, 차츰 시간이 흐르면서 알록달록한 색의 꽃이 피는 화분을 들이기 시작했다. 언젠가부터 〈내일은 네일〉에 들어오는 손님들은 하나같이 화분에 대한 이야기부터 꺼내며 문을 열었다.

"안녕하세요! 가게 앞에 꽃이 참 예쁘네요!"

여중생 한 명이 씩씩한 인사와 함께 가게로 들어왔다. 앨리스는 나른한 점심의 공기를 우렁찬 목소리로 깨는 손님이 내심 반가웠다. 식곤증으로 졸음이 올락말락 했는데, 여중생의 등장으로 잠이 싹 달아나버린 것이다.

"저…, 혹시 매니큐어는 얼마예요?"

"학생이 받으려고요?"

"네!"

"방학 아직 한 달 남지 않았어요?"

"그래서 말인데요, 검지손톱이랑 중지만 받을 수 있을까요? 학교 갈 때는 밴드로 가리려고요!"

"검지랑 중지만 받는 거 아깝지 않겠어요? 네일아트 비용이 싸지 않은데…."

"어? 양손에 손톱 4개만 받아도 10개 시술 값을 다 내야 하는 거예요…?"

앨리스는 여중생의 순진한 질문에 실소를 감추지 못했다. 네일아트를 개당 가격이라고 생각하는 손님은 처음이었기 때문이다. 자신의 무지가 민망했던 여중생은 순식간에 얼굴이 홍당무처럼 빨개졌다.

"아…. 죄, 죄송합니다!"

재빨리 몸을 돌려 가게를 나가려는 여중생을 향해 앨리스가 말했다.

"학생, 이쪽으로 와서 앉아볼래요?"

"네?"

"우리 이렇게 하는 게 어때요? 제가 학생이 원하는 대로 검지와 중지만 네일아트를 해줄게요."

"그럼 얼마에요?"

"5분의 2로 나눠 내기라도 하려고요? 아이참…. 돈은 안 받을게요. 대신 저한테 학생의 월요일 어제 이야기를 들려줘요. 그럼 전 학생한테 특별한 네일을 선물할게요."

"어제 이야기요? 정말 그거면 돼요? 오예!"

씩씩하고 명랑한 여중생은 깊이 생각하지 않고, 그저 땡 잡았다는 듯 앨리스의 제안을 덥석 수락했다.

"저, 언니, 혹시 파츠도 붙일 수 있을까요…?"

"밴드로 감는다면서요, 욕심내면 학교에서 걸릴 텐데?"

"아…. 알았어요! 뭐든 감사합니다!"

여중생은 앨리스에게 양손을 내민 뒤, 조잘조잘 어제의 이야기를 시작했다.

월요일 아침부터 다솔의 교실은 여학생들의 수다로 왁자지껄했다. 중3 기말고사가 얼마 남지 않았지만, 다솔은 발등에 불이 떨어져야만 공부를 시작하는 타입이었다. 같은 반 친구들 역시 공부보단 꾸밈에 관심이 많다 보니 쉬는 시간마다 우르르 모여 교실 뒤 사물함에 기대고는 서로가 아는 미용 정보를 공유하는 데 더욱 열을 올리곤 했다.

"이 틴트 걸릴까?"

"이건 진짜 안 걸려. 이거 봐봐, 휴지로 문질러도 안 묻지?"

"야, 쌤이 그렇게 살살 문지를 리가 없잖아."

화장은 교칙에 어긋나지만, 그렇다고 말을 들을 여중생들이 아니었다. 어떻게든 방법을 찾고, 한두 번 정도는 담임 선생님한테 걸려도 쉽게 포기하지 않았다.

"쿠션 바르고 선크림 백탁현상이라고 우기는 건 어때? 선크림은 화장품 아니잖아."

"이보세요, 백탁은 휴지에 안 묻지만, 비비는 문지르면 바로 들키쥬…."

다솔이 입술을 쭉 내밀고 조롱하는 말투를 쓰자 다들 웃음을 빵 터트렸다. "너희들 나이 때에는 맨얼굴도 예쁘다"라는 담임 선생님의 말에 전혀 공감하지 못하는 다솔은 화장을 제한하는 학교의 교칙이 마음에 들지 않았다. 옆 반은 비비크림 정도는 허락하는 분위기라던데, 다솔이의 담임 선생님은 학생의 메이크업에 상당히 보수적이었다. 만삭의 몸으로 여전히 학교로 출근하고 있는 선생님은 애정 반, 훈육 반으로 학생들에게 끊임없이 잔소리를 하셨다.

"그 말 너무 듣기 싫지 않아? 니들 나이 때는 안 찍어

발라도 예쁘다~"

"맞아, 진짜 짜증 나! 눈이 삔 거 아니냐고~ 당연히 화장한 게 더 예쁜 거 아님?"

"그런 말이 먹힐 거라고 생각하는 어른들도 웃기지만, 안 통하는 거 알면서도 꾸역꾸역 잔소리하는 담임 쌤이 더 짜증 나!"

꾸밈에 제약을 받는 여중생들의 분노는 상상 그 이상이었다. 그도 그럴 것이, 복도에서 짝사랑하는 남학생을 마주칠 수도 있는데, 맨얼굴로는 절대 그런 상황에 직면하고 싶지 않았기 때문이다.

하지만 다솔의 담임은 그와 같은 여중생들의 마음을 아는지 모르는지, 아침 조례는 물론이거니와 쉬는 시간에도 틈틈이 교실에 들러 수시로 학생들의 얼굴을 확인했다.

"강다솔, 너 누가 수업 중에 색깔 있는 틴트 바르래?"

"아, 쌤~ 이거 틴트 아니고 립밤이요…. 그리고 진짜 색 쪼금 들어간 거예요…."

"쪼금? 쪼오끔…?"

담임 선생님이 장난스럽게 다솔의 말투를 흉내 내자 반

친구들이 하나둘 키득거렸다.

"강다솔, 당장 화장실 가서 입술 지우고 와."

다솔은 생각했다. 다음에는 담임 선생님한테 절대 걸리지 않을 무적의 틴트를 찾아낼 거라고. 틴트를 바른 뒤 입술에 휴지를 찍어도 전혀 묻어나지 않는다는 광고에 속아서 다솔이 산 틴트는 이미 담임 선생님의 눈 밖에 났고, 다음 주 용돈으로는 진짜로 내 입술 같은 틴트를 구해서 결코 담임 선생님의 기습 검사에도 들키지 않을 것이다.

그렇게 다솔과 친구들의 쉬는 시간 관심사는 오로지 안 묻어나는 완벽한 틴트, 티 안 나는 비비크림, 매끄러운 눈썹 정리 뿐이었다.

"근데 너 주말에 귀 뚫었다고 하지 않았어? 귀걸이 빼고 있어도 돼? 구멍 막히면 어떡해!"

"짜잔-! 나 귀걸이 뺀 거 아니지롱!"

"어? 뭐야? 귀에 반창고 붙인 거야?"

"살색 반창고! 그냥 밴드는 티가 너무 많이 나서 살색 반창고로 해봤는데, 진짜 티 하나도 안 나지 않아?"

"가까이서 보면 나긴 하는데…. 그래도 쌤한테는 안 걸

리겠다!"

다솔은 살색 반창고를 붙인 친구의 귀를 보며 자신도 집에 가자마자 똑같이 따라 해야겠다고 생각했다. 그녀는 반창고 꿀팁을 공유하는 친구를 보면서 자신도 당당하게 교칙을 위반할 수 있는 획기적인 아이디어를 내고 싶다는 욕구가 솟구쳤다.

다솔은 때때로 너무나 하찮은 것에 필요 이상의 정성을 쏟곤 했다. 이를테면 중간고사 벼락치기를 위한 나만의 졸음 퇴치 노하우에 정작 공부 이상의 시간을 쏟는다든가, 급식실에 1등으로 도착하기 위한 슬리퍼 밑창 연구 등…. 그녀의 엄마는 종종 다솔에게 "그럴 정성으로 공부를 했으면 벌써 전교 1등 했겠다!"라는 말을 쏘아붙였다.

하교 후 집으로 돌아온 다솔이 아무리 뒤져도 살색 반창고는 보이지 않았고 마음이 급해진 그녀는 책상 위 동전통에서 잔돈을 챙겨 근처 약국으로 향했다. 약사는 선반에 있던 살색 반창고 한 롤을 꺼내어 다솔에게 건넸다.

"500원이요."

그 순간 다솔은 살색 반창고를 건네던 약사의 엄지손톱

에 밴드가 돌돌 말려 붙어 있는 것이 눈에 들어왔다. 갑자기 번뜩이는 아이디어가 그녀의 머릿속을 스쳐 갔다.

'이거야!'

다솔은 집으로 돌아오자마자 방금 그 약국의 약사를 따라 검지와 중지에 밴드를 감아보았다. 하지만 역시 밴드는 손톱을 완벽하게 밀봉하지 못했다. 그때 좀 전에 사 온 살색 반창고가 눈에 들어왔다.

'어? 그러고 보니 이 방법이 있었잖아?'

살색 반창고를 길게 쭉 당겨 적당한 길이로 끊어낸 다솔은 먼저 검지를 꼼꼼하게 돌돌 말아보았다. 처음 한 바퀴는 반창고를 둘러도 손톱이 비쳤는데, 두 바퀴째에는 완벽하게 손톱이 가려졌다. 그녀가 생각했을 때, 이 정도면 매니큐어를 해도 들키지 않을 것 같았다.

"…어때요? 제법 괜찮은 아이디어 아닌가요?"

"그래서 오늘 네일아트를 하러 온 거군요?"

"내일 친구들한테 보여주면 아마 모레부터 다들 절 따라

할걸요? 열 손가락을 전부 감으면 선생님한테 의심받겠지만, 두 개 정도는 전혀 이상하지 않겠더라고요. 옷이나 신발도 유행이 있지만, 요새는 이런 미용 꿀팁도 유행이 있거든요!"

"우리 때는 눈꺼풀에 얇은 테이프를 붙여서 인위적으로 쌍꺼풀을 만드는 친구가 있었어요."

"요새도 해요, 그거! 테이프가 아니라 쌍꺼풀 액이긴 한데…."

"또 귀 뚫었을 때, 아무는 기간 동안 귀걸이가 아니라 낚싯줄을 짧게 잘라서 끼우고 다니는 친구도 있었고…."

"대박이다! 그 생각은 못 해봤어요! 그건 진짜 안 들키겠다~"

앨리스는 다솔에게 뻔한 훈계를 하는 대신 자신의 학창 시절을 떠올리며 비슷한 공감대를 만들어나갔다. 다솔은 담임 선생님과 달리 자신의 미용 꿀팁을 경청해 주고, 색다른 아이디어까지 공유해 주는 앨리스가 점점 좋아졌다.

"저희 담임 선생님은 학생들이 꾸미는 걸 전혀 이해를 못 하세요. 맨날 "아이고, 선생님 뱃속의 딸이 니들처럼 클까 봐 걱정이다!"라느니, "선생님이 학생이었을 땐 학교에서 화장을 한다는 건 상상도 못 했는데, 요즘 애들은 참 희한하다"라느니…, 맨날 잔소리, 잔소리…. 피…."

"말씀은 그렇게 하셔도 막상 선생님도 학생 시절에 몰래 화장을 해봤을지도 몰라요."

"그쵸? 제 생각도 그렇다니까요!!"

"하지만 그렇다고 해서 선생님이 학생에게 화장을 권장할 수는 없잖아요?"

매니큐어 칠에 집중하던 앨리스가 풋, 하고 웃으며 얘기했다.

"그건 그렇죠…. 뭐, 저도 담임 선생님이 막 엄청 싫거나 그런 건 아니에요. 화장 단속만 빼면 저희한테 엄청 잘해주시거든요. 가끔씩 아이스크림도 사주시고…."

실컷 담임 선생님의 흉을 보던 다솔은 갑자기 입장을 바꾸어 스승을 옹호하기 시작했다. 그게 진실인지, 양심에 찔려서인지는 알 수 없지만 말이다.

"그런데 막상 이렇게 얘기해 놓고 보니까 저의 어제 일상이 좀 시시하게 느껴지는데…. 차라리 그제 얘기를 할까요? 일요일에는 친구랑 같이 건대에 놀러 가서 에피소드가 많았거든요!"

"아뇨, 그건 괜찮아요. 제가 듣고 싶은 건 다솔 학생의 월요일, 어제라서요."

다솔의 검지와 중지에 살구색 매니큐어 칠을 마친 앨리스는 잠시 고민하는 듯하더니, 테이블 밑 서랍에서 네일파츠가 담긴 상자를 꺼냈다. 눈치 빠른 다솔은 말없이 파츠 상자를 힐끗거리며 속으로 미소를 삼켰다. 앨리스는 상자 속에 있던 파츠들 중에서 입체감이 거의 없는 아주 작은 하트 파츠 하나를 골라 다솔의 검지에 붙여주었다.

"꺅! 언니 고마워요! 진짜 너무 예쁘다! 내일 학교 가서 친구들한테 자랑할 생각 하니까 벌써 마음이 설레는 거 있죠? 게다가 반창고만 있으면 담임 선생님한테도 절대 안 들킬 자신 있어요!"

"특별한 내일이 되겠네요."

"오, 저 오늘 특별한 네일이 아니라 내일을 선물받은 거예요? 대박!"

검지와 중지만으로도 손끝이 화려해진 다솔은 앨리스 앞

에서 피아노를 치듯 열 손가락을 현란하게 움직여 보았다. 손가락의 움직임을 따라 광택을 뿜는 손톱을 보니 다솔은 마치 자신이 손 모델이라도 된 것처럼 느껴졌다.

"그런데 이제 와서 생각해 보니, 지금 시간은 학생이 학교에 있을 시간 아닌가요?"

"아, 오늘이 저희 학교 개교기념일이거든요! 아마 오늘을 기점으로 어제까지가 평범하고 지루한 일상의 연속이었다면, 내일부터는 저희 학교에 바로 이 반창고 네일이 유행하게 될 거예요!"

다솔은 이미 자신이 학교의 유행을 선도하기라도 한 듯 매우 당찬 목소리로 대답했다.

"반창고로 감으면 친구들도 못 보지 않나?"

"점심시간 종 치자마자 뜯고, 5교시 전에 다시 붙여야죠~ 점심시간에는 담임 선생님도 교실에 안 오시거든요."

앨리스는 꾸밈을 위한 여중생들의 성실함에 혀를 내두르지 않을 수 없었다.

다음 날 다솔은 담임 선생님한테 들키지 않으면서도 친구들에게 자신의 네일아트를 뽐낼 생각에 아침부터 기분이 들떠 있었다. 학생들의 꾸밈은 제약이 있을 때 그 욕구가 더 강해지고, 그것을 들키지 않았을 땐 심지어 엄청난 희열이 따라온다. '내가 선생님을 속였어! 선생님이 드디어 나한테 속았어!' 하는 식의 희열 말이다.

교문을 통과해서 운동장을 지나 교실로 가는 내내 다솔은 주머니에 있는 손이 마치 어떤 새로운 미지의 생명체처럼 존엄하게 느껴졌다. 심지어 어젯밤에는 부엌에서 컵에 물 한잔을 따라 마시는 데도 괜히 손끝에 힘이 들어갔다. 하트 모양 파츠가 실내조명에 반짝일 때마다 다솔은 마음이 콩닥 콩닥거렸다.

다솔이 뒷문을 열고 교실로 들어서자 갑자기 교실 안 소음이 싹 사그라졌다. 다들 동시에 고개를 돌려 방금 등장한 이가 다솔임을 확인하자, 다시 삼삼오오 웅성거림이 시작되었다.

"뭔데, 무슨 일이야?"

"다솔아, 담임 선생님 어젯밤에 출산하셨대!"

"뭐? 진짜? 예정일 여름방학 아니었어?"

"그랬는데, 양수가 터지셨다나 봐."

"우와, 그럼 담임 쌤 딸 생일이 우리 학교 개교기념일이랑 똑같은 거야?"

"맞네! 대박이다!"

담임 선생님의 출산 예정일은 원래 여름방학이었다. 선생님이 만삭임에도 무리해서 수업을 했던 건 순전히 아이들을 위해서였다. 학기 중에 담임 선생님이 바뀌면 아이들이 혼란스러워할 테니, 적어도 1학기만큼은 자신이 마무리를 짓고 여름방학을 맞이하게 하고 싶었던 것이다. 그런데 양수가 터지면서 무려 한 달이나 일찍 아이가 태어났고, 결국 담임 선생님은 학생들에게 인사도 하지 못한 채 급하게 육아휴직을 하시게 되었다. 다행히 교무부장 선생님을 통해서 선생님도 아이도 건강하다는 소식을 들을 수 있었다.

"잠깐만, 그럼 이제 우리 반은 어떻게 되는 거래?"

"아마 기간제 임시 담임 선생님이 오시지 않을까?"

출산은 너무나 축하할 일이지만, 문제는 당장 다솔의 반을 맡을 수 있는 선생님이 없다는 사실이었다. 원래대로라면 여름방학 중 출산 예정이었던 담임 선생님의 2학기 빈자리는 이미 대체 교사가 채용된 상황이었기에 학교는 결국 한 달짜리 임시 계약직을 고용하거나, 아니면 다솔의 반은 이대로 담임 선생님 없이 여름방학을 맞아야 할 상황에 놓인 것이다. 하지만 실제로 그럴 순 없기에, 결국 교과목 선생님들이 나누어 돌아가며 담임 선생님의 빈자리를 채우게 되었다.

여러 선생님이 교대로 다솔의 반을 책임지다 보니, 개개인의 업무영역이 명확하게 배분되지 않았다. 담당 선생님들은 조례와 종례만 의무적으로 참석할 뿐, 학생들의 근태나 컨디션을 세세하게 체크하지 못했다. 담임 선생님 없이 붕 떠버린 다솔의 학급에 엄격한 교칙을 적용하는 선생님도 없었다. 결국 학생들은 점점 자유롭게 화장을 하고, 언젠가부터 꾸밈을 감추려는 노력조차 하지 않았다.

다솔은 문득 그동안 자신이 '그냥 꾸미는' 것보다 '몰래 꾸미는' 것에 흥미를 느꼈다는 사실을 깨달았다. 그녀는 친구들과 아이디어를 모으고, 이 방법 저 방법을 테스트해 보면서 자신들만의 노하우를 만들고 공유하는 데서 즐거움을 느꼈던 것이다.

'아, 몰래 화장할 때가 훨씬 더 재밌었는데….'

동시에 애정을 가지고 잔소리하던 담임 선생님이 그리웠다.

"강다솔, 너 누가 학생이 얼굴에 비비크림 바르래? 너 계속 그러면 모공이 숨 못 쉬어~ 나중에 체육 쌤처럼 딸기코 된다?"

결국 시시하다고 생각했던 그날이 다솔에게 있어서는 가장 활기 넘치는 1학기의 마지막 날이었다.

춘옥의 월요일, 영광의 상처

화요일 아침의 앨리스는 언제나 분주하다. 혼자 네일샵을 오픈하고, 가게 이곳저곳을 청소한다. '내일은 특별한 일이 생길 거예요!' 레터링 네온간판을 요리조리 피해서 전면 유리도 꼼꼼하게 닦고, 진열대 위의 매니큐어들도 하나씩 먼지를 털어낸다. 마른행주로 미니 테라스의 화분도 일일이 닦아주고, 밤새 꽃잎은 시들지 않았는지, 겉흙에 물기는 있는지를 확인한다.

꽃집 사장님이 추천한 사파이어는 마리안느와 잎사귀 모양이 비슷한 것 같으면서도 무늬에 확실히 차이가 있었다. 실내 공기정화에 좋다며 누군가 추천해 준 화분인데도 앨리스는 사파이어를 가게 밖에서 키우고 있었다.

그보다 앨리스는 이번에 새로 구입한 다육식물이야말로 실내에 두어야 할지, 야외에 두어야 할지를 아직도 결정하지 못하고 있었다. 앙증맞은 화분에 옹기종기 담겨 있는 다육식물은 그 모양이 너무나 깜찍해, 지나가는 사람들이 보면 누구라도 좋아할 것이 분명했다. 하지만 화분의 크기가 너무 작고, 한여름 땡볕에 장시간 방치하면 화분이 뜨거워지면서 아래쪽 흙이 먼저 마르기 때문에 야외 직사광선보다는 바람이 잘 통하는 가게 안쪽에 두는 것이 차라리 나을지도 모른다. 결국 그녀는 다육식물의 자리를, 지나가던 행인들도 고개만 돌리면 쉽게 볼 수 있도록 가게 유리문 옆 그늘진 곳으로 정했다.

그렇게 화분을 재배치한 뒤, 그녀는 늦은 점심을 챙겨 먹었다. 잠시 후 점심시간이 끝나갈 무렵, 한 아주머니가 〈내일은 네일〉의 문을 열었다.

"저, 여기가 손 하는 데 맞나요?"

"네, 네일아트 하는 곳 맞아요~"

"혹시 이런 손도 관리가 될까요?"

화상자국이 부끄러웠던 아주머님은 선뜻 앨리스에게 자신의 손을 보여주지 못했다. 뜨거운 물에 덴 것인지, 다른 어떤 사연이 있는지 알 수 없었던 쭈글쭈글한 손님의 손을 본 앨리스가 담백하게 대답했다.

"네일아트 하는 손이 따로 있나요? 이런 손, 저런 손…. 네일아트는 어떤 손에든 할 수 있어요."

"실은 내일 중요한 약속이 있어서요. 아들이 여자 친구를 집에 데리고 온다고…."

"그럼 요즘 유행하는 프렌치 네일로 하시겠어요?"

"잘 좀 부탁합니다."

앨리스는 네일아트를 받아야 할 손을 거듭 감추는 손님에게 먼저 따뜻한 차 한잔을 건넸다. 그녀의 어머님과 비슷한 연배의 손님을 보고, 앨리스는 오랜만에 자신의 부모님을 떠올렸다.

"향이 참 좋네요."

손님은 차를 곧장 마시지 않고 먼저 코끝으로 가져가 향을 음미했다. 찻잔을 감싼 두 손은 보기에는 매우 쭈글거렸지만, 손님의 손 맵시는 매우 단정하고 우아했다. 손님의 손을 지긋이 응시하던 앨리스가 먼저 입을 열었다.

"손님, 혹시 제게 손님의 월요일 어제 이야기를 들려주시겠어요? 그럼 전 손님에게 특별한 네일을 선물해 드릴게요."

"이야기를 하면 네일을 무료로 해준다고요? 어떻게요?"

"간단해요, 네일아트를 받으시는 동안 손님의 어제 하루 이야기를 저에게 들려주시는 거예요."

"그런데 어제는 월요일이라 별다른 일이 없었는데요…."

"에이, 세상에 아무 일도 없는 하루가 어디 있어요. 아침에 눈 뜨고 일어난 다음 시작되는 모든 하루 일과가 결국 '별일'이잖아요?"

"하긴, 듣고 보니 그러네요. 그래도 제 얘기는 아마 별로 재미가 없을 것 같은데…."

"전 재밌을 것 같은데요? 그러니까 들려주세요, 손님의 어제 하루."

춘옥은 아침에 일어나 침구를 정리한 다음 남편의 식사를 차렸다. 아침 메뉴는 된장찌개와 콩나물무침, 그리고 고등어구이를 준비했다. 춘옥이 반찬 그릇을 식탁으로 옮기면, 남편이 국그릇을 들고 따라왔다.

"실수로 고등어구이가 좀 탔는데, 탄 부분만 떼어내고 그냥 먹어요."

"어쩐지 아침부터 집안에 탄내가 나더라니…."

"태우자마자 후드도 켜고 환기도 시켰는데, 생각보다 냄새가 빨리 안 빠지네…."

"생선구이가 다 그렇지 뭐. 아, 참! 오늘은 외근이 있어서 좀 일찍 퇴근할 수 있을 것 같아."

"어머, 정말?"

"당신 혹시 먹고 싶은 거 있어?"

"그러면 음…. 우리 오랜만에 저녁은 구의동 감자탕집에서 외식이나 할까?"

"그러자고."

짧은 대화를 마친 춘옥은 고등어의 탄 부분을 떼어내며 아침식사를 이어갔다. 그녀는 매일 아침 일찍 일어나 식사를 준비하는 게 번거로웠지만, 그래도 출근 전 아주 잠깐이나마 주고받는 남편과의 대화가 너무 좋아서 이 시간을 포기할 수 없었다.

남편이 출근한 뒤 춘옥은 밀린 빨래를 돌렸다. 집 안에 흩어져 있던 빨래를 모아 세탁기에 넣고 돌린 다음, 작은 방에 있던 청소기를 꺼냈다. 춘옥은 매일 아침 청소기를 돌리는데도, 도대체 어디서 또 이만큼의 먼지가 나오는 것인지 도무지 알 길이 없었다.

청소기를 돌린 뒤 마룻바닥 군데군데 얼룩이 신경 쓰였던 춘옥은 오랜만에 걸레질을 하기 시작했다. 걸레질은 무릎이 아파 자주 하지는 못했는데, 그래도 가끔 이렇게 온 집을 싹 닦아내고 나면 마음이 그렇게 개운할 수가 없었다. 베란다에는 아들이 사준 밀대형 걸레도 있었지만, 그녀는 손으로 꾹꾹 힘주어 바닥을 닦는 것이 훨씬 만족스러웠다.

바닥까지 닦고 나니 어느새 세탁기 멜로디 소리가 거실로 들려왔다. 춘옥은 베란다에 빨래 건조대를 펼친 뒤, 빨래통에 담아 온 빨래를 하나씩 꺼내 탈탈 털어 널었다. 요즘 같은 날씨에는 한낮의 햇볕에 빨래가 금방 마르기에, 춘옥은 아마 이 빨래들을 개는 것까지 오늘 중으로 끝낼 수 있을 것이다. 그녀는 빨래 건조대 옆 베란다 창문을 절반 정도 열어두었다.

잠시 휴식이 필요했던 춘옥은 거실 한가운데 있는 소파에 앉아 베란다에 걸어둔 풍경 소리에 귀를 기울였다. 그녀는 7년 전 남편과 함께 여름휴가로 베트남 여행을 다녀오는 길에 풍경 하나를 샀다. 그때 샀던 풍경이 바람만 불면 7년 동안 변함없이 청명한 소리를 내는 것이 참으로 신기하다고 생각했다. 정오의 풍경은 소리를 내는 것이 아니라 청아한 울림이 부드럽게 귓가를 어루만진다는 표현이 아마 좀 더 정확할 것이다.

잠시 휴식을 취한 춘옥은 부엌으로 가서 아침에 남은 식은 된장찌개와 조미김 하나를 꺼내 간단하게 점심을 해결했다. 아들이나 남편이 있을 땐 나름 정성껏 식사를 준비하지만 그녀 혼자 식사를 할 때에는 매번 이런 식으로 간단하게 차려 먹곤 했다. 스스로를 함부로 대한다기보다는 어차피 치우는 것도 자신의 일이기 때문이다.

점심을 먹은 뒤 자신도 모르게 잠이 든 춘옥은 아주 오랜만에 부모님 꿈을 꾸었다. 꿈속에서 부모님은 젊은 시절의 모습을 하고 있었고, 다 늙은 자신을 여전히 아이처럼 대했다. 낮잠에서 깬 춘옥은 오랜만에 시골에 있는 부모님께 안부 전화를 드렸다.

전화를 마친 춘옥은 무언가 잠시 생각하더니 이내 곧 부엌 선반에 있던 도토리 가루를 꺼냈다. 그녀는 며칠 전 자신의 남편이 지나가는 말로 갑자기 도토리묵 얘기를 했던 게 떠올랐다. 춘옥의 남편은 무언가를 먹고 싶다는 얘기를 거의 꺼내지 않는 사람이었다. 그런 남편이 갑자기 도토리묵 얘기를 하니, 차마 그 말을 가볍게 흘려 넘길 수 없었던 것이다.

춘옥은 넓고 깊은 냄비에 도토리 가루를 한 컵 붓고, 물을 여섯 컵 부은 다음 잘 섞고 중간 불에서 나무 주걱을 이용해 한 방향으로 천천히 젓기 시작했다. 15분 후 기포가 뽀글뽀글 올라오자 꽃소금을 한 꼬집 넣고 다시 같은 방향으로 부지런히 저어주었다. 점점 큰 기포가 팍, 하고 터지면서 올라오자 그녀는 마지막으로 참기름을 한 바퀴 둘렀다. 지금부터는 묵 반죽이 타지 않게 묵묵히 계속 젓기만 하면 된다. 그렇게 점도가 높아진 묵 반죽을 참기름 칠한 오목한 그릇에 부어 고르게 펴주기만 하면 도토리 향이 가 득한 고소한 묵이 완성된다.

도토리묵을 완성한 춘옥은 양념장도 함께 만들기 시작 했다. 간장에 고춧가루를 듬뿍 뿌린 뒤 잘게 썬 쪽파를 섞 으면 도토리묵과 찰떡궁합인 양념장이 완성된다. 춘옥의 남편은 도토리묵에 바로 이 양념장을 듬뿍 찍어서 먹는 걸 좋아했다.

아침에 약속했던 대로 외근 뒤 바로 퇴근한 그녀의 남 편은 집에 들어서자마자 코끝을 찌르는 도토리 향에 순식 간에 군침을 삼켰다. 하지만 도토리묵이 굳으려면 아직 시 간이 한참 더 걸리기 때문에 그는 그저 집 안을 가득 메운 냄새에 만족해야 했다.

남편의 퇴근이 반가웠던 춘옥은 그에게 베란다 청소를 부탁했다. 베란다 청소는 그녀가 지난주부터 해야지, 해야 지 하면서 계속 미루었던 일이기에 오늘은 남편 찬스를 써 서라도 반드시 끝장을 봐야겠다고 생각했다. 남편은 청소

도구를 챙긴 뒤, 베란다에 있던 빨래 건조대를 빨래가 걸린 채로 들어 거실로 옮겨놓았다.

춘옥의 남편은 콧노래를 부르며 물줄기가 나오는 호스를 베란다 이곳저곳에 뿌리기 시작했다. 그녀는 그런 남편을 보자 절로 미소가 지어졌다. 남편은 근엄하면서도 가끔 저렇게 깨방정을 떨곤 했는데, 그런 모습은 남편이 춘옥에게만 보여주는 모습이었다.

아침에 약속했던 감자탕을 먹기 위해 채비를 한 춘옥은 남편의 조수석에 앉아서도 연신 룸미러로 자신의 얼굴을 확인했다. 평소 갖춰 입고 외출한 일이 드물었던 그녀는 간만의 외출에 오랜만에 립스틱을 꺼내 바르기도 했다.

두 사람은 차로 10분 정도를 이동해 단골 감자탕집에 도착했다. 감자탕을 주문한 뒤 실내를 둘러보면서 춘옥이 입을 열었다.

"여기는 진짜 하나도 안 변했네. 여보, 우리 여기 정말 오랜만에 왔다. 그치?"

"그러게. 한 1년 됐나?"

"시간 참 빨라. 우리 아들이 어느새 커서 여자 친구를 다

보여준다고 하고…."

"갠 어려서부터 여자 친구 많았어. 데려오는 게 처음인
거지…. 이번 주 수요일이라고 했나?"

직원이 감자탕을 가져와 내려놓는 바람에 춘옥과 남편
의 대화가 잠시 끊겼다. 남편은 움찔하며 자신의 손으로
춘옥의 몸을 뒤로 살짝 밀었다. 이어서 춘옥에게 핀잔 아
닌 핀잔을 건넸다.

"당신은 그렇게 다치고도 여전히 감자탕이 먹고 싶어?"

"아니 뭐 손에 화상 좀 입었다고 평생 감자탕 못 먹어?"

"당신도 참…. 나는 그날만 생각하면 지금도 심장이 벌
렁벌렁 뛰는데…."

"아이고~ 내 손이 쭈글쭈글해지는 게 낫지, 우리 아들
얼굴 안 다친 게 어디야? 나는 다시 시간을 되돌린대도 백
번이고 천 번이고 똑같이 할 거야."

"시간을 되돌릴 수 있으면 직원이 감자탕을 엎기 전에
둘 다 피할 생각을 하라고!"

춘옥과 남편은 둘 다 동시에 웃음을 빵 터트렸다. 곧 감
자탕이 보글보글 끓자 남편은 국자로 가장 큰 뼈를 담아

춘옥에게 건넸다.

"감자탕의 '감자'가 이 '감자' 아닌 거 알아?"

"돼지등뼈를 감자라고 부른다며. 당신은 감자탕집 올 때마다 그 얘기 언제까지 할 거야?"

"핫, 하핫. 내가 그랬나?"

"당신 이렇게 허당인 거 진짜 회사 사람들은 아무도 몰라?"

"엣헴! 당연하지! 회사에서는 카리스마 있는 오 상무라고!"

"됐고, 나 그쪽에 감자나 좀 더 담아줘요."

춘옥의 남편은 탕 요리를 먹을 때마다 되도록 춘옥이 손 하나 까딱하지 않도록 대부분 자신이 음식을 옮기거나 담아주었다. 젊은 시절에는 춘옥도 회사를 다녔지만, 이제는 전업주부가 된 지도 한참이었기에 사실 춘옥은 탕 요리에 대한 트라우마 같은 건 전혀 남아 있지 않았다. 그럼에도 남편이 항상 이렇게 자신을 배려해 주는 것이 좋았던 춘옥은 이 모습을 보고 자란 자신의 아들도, 여자 친구에게 똑같이 해주리라 믿어 의심치 않았다.

기숙사에 들어간 춘옥의 아들은 처음 1년은 대학생활이 뭐 그리 즐거운지, 집에는 코빼기도 비치지 않았다. 그런데 3학년을 마치고 곧바로 군대를 다녀온 이후에는 야금야금 본가를 찾는 일이 잦아졌다. 그랬던 아들이 어쩐지 최근 들어 다시 발걸음이 뜸하다 싶었는데, 알고 보니 여자 친구랑 주말마다 데이트를 하고 있었던 것이다.

감자탕집을 나서면서 춘옥은 이 집에 올 때마다 아들이 퍼먹던 아이스크림 냉장고가 눈에 들어왔다. 그녀의 아들은 감자탕을 배가 터질 때까지 먹고도 후식으로 아이스크림 먹는 것을 잊지 않았다. 춘옥은 오랜만에 감자탕집 서비스 아이스크림이 먹고 싶어졌다.

"여보, 나 아이스크림 좀 퍼줘."

"당신 아이스크림 먹게?"

"우리 아들이 여기 올 때마다 이걸 먹을 땐 나도 잘 이해가 안 됐는데, 나이 먹으니까 다시 아이스크림이 당기네. 가만 보면 애랑 노인은 공통점이 은근 많아?"

춘옥은 남편이 퍼준 아이스크림을 먹으며 집으로 돌아왔다.

"…참 하다 보니 별 얘기를 다 했네요. 제 이야기가 너무 시시해서 들으면서도 좀 지루하셨죠?"

"전혀요. 들으면서 저희 부모님이 떠올라서 좋았어요. 저희 부모님도 손님처럼 부부 사이에 금슬이 좋으셨거든요."

"그래요? 지루하지 않았다니 다행이네요…. 나이 먹은 후로는 남편 말고는 내 얘기 들어주는 사람이 거의 없거든요."

앨리스는 춘옥의 양 손톱 베이스 코트가 마른 걸 확인한 뒤, 손톱 끄트머리에 초승달 모양으로 매니큐어를 그리기 시작했다.

"어유, 곱네…."

네일아트 과정을 지켜보던 춘옥의 입에서 연신 곱다는 말이 쏟아져 나왔다.

"손님의 귀한 어제 이야기를 들려주셨으니, 약속대로 전 특별한 내일을 선물해 드릴게요."

"내일이요?"

앨리스는 춘옥의 물음을 가볍게 무시하며 주의사항을 일러주었다.

"오늘은 설거지하지 마세요. 불가피하게 하셔야 한다면, 고무장갑 꼭 끼시고요."

춘옥은 잠시 갸웃하다 이내 앨리스의 주의사항을 숙지했다.

"아까워서 이 고운 손으로 어떻게 설거지를 하겠어요? 오늘 저녁 설거지는 남편 시키죠, 뭐."

춘옥의 해맑은 미소에 앨리스도 함께 웃었다.

수요일 저녁, 춘옥은 자신이 보기에 가장 단정하다고 생각되는 옷을 꺼내 입고 집에서 아들과 여자 친구를 기다렸다. 곧 초인종 소리가 들려왔고, 그녀는 마른기침을 한 번 한 뒤 문을 열었다.

"어서 와요."

"안녕하세요. 저 홍승연이라고 합니다."

"얘기 많이 들었어요. 우리 아들이 승연 씨 자랑을 어찌나 하던지…. 일단 안으로 들어와요."

"네."

춘옥은 난생처음 여자 친구를 데려온 아들이 너무나 기특

했다. 남편의 말처럼 그동안 여자 친구가 없었던 것도 아니면서, 아들은 단 한 번도 집에 여자 친구를 데려오지 않았다. 데려오기는커녕 아들은 엄마에게 자신이 연애 중이라는 사실조차 귀띔한 적이 없었다.

"아유, 예쁘네~"

"응. 엄마 나 얼굴 봐."

춘옥의 아들만이 오늘 이 자리에서 유일하게 긴장하지 않아도 되는 존재였다. 하지만 곧 작은 테이블 하나를 사이에 두고 부모님과 아들, 여자 친구가 거실에 마주 보고 앉자 아주 잠시 정적이 흘렀다.

"으흠! 당신, 뭐 마실 거라도….."

"아이고, 내 정신 좀 봐…! 잠깐만 기다려요, 내가 금방 시원한 거라도 내올게."

"감사합니다! 아, 혹시 제가 뭐 도와드릴 건 없을까요?"

승연은 상냥한 인상에, 성격은 싹싹하기까지 했다. 춘옥은 보면 볼수록 아들의 여자 친구가 마음에 쏙 들었다.

"어유, 오늘 손님으로 왔잖아요! 편하게 앉아 있어요."

춘옥은 서둘러 부엌으로 가 냉장고에 있었던 시원한 식

혜를 꺼냈다. 쌀 알갱이가 잘 나오도록 힘껏 흔든 식혜를 준비한 유리컵에 따라 거실로 가져왔다. 그녀는 넌지시 쌀알이 가장 많이 따라진 컵을 아들 여자 친구 앞으로 내밀었다. 바로 그때 화상으로 쭈글쭈글한 자신의 손이 시야에 들어왔다. 춘옥은 서둘러 손을 몸 뒤로 숨겼다. 그녀는 혹시라도 승연이 자신의 손을 보았을까 봐 마음이 조마조마했다.

"어머니, 오빠가 전에 얘기해 줬어요."

춘옥이 갑자기 전환된 화제에 안심하는 순간, 승연이 말을 이었다.

"어렸을 때 오빠가 정말 크게 화상 입을 뻔했는데, 어머님이 손으로 전부 막아주셨다고…. 오빠가 항상 얘기했어요. 자기는 엄마 아니었으면 이 잘생긴 얼굴로 못 살 뻔했다나요?"

승연은 예쁜 미소로 춘옥을 바라보았다. 춘옥은 당황스러움에 차마 아이들의 눈도 마주치지 못했다.

"실은 저희 아버지도 허벅지에 큰 화상 흉터가 있거든요. 제가 어렸을 때 커피포트 전선을 잡아당기는 바람에…. 정말이지 아이들은 왜 그렇게 사고뭉치인 걸까요?"

여전히 당황하고 있었던 춘옥에게 승연은 아무렇지 않게 자신의 어린 시절 이야기를 꺼냈다. 화상을 입은 건 아빠인데, 되려 자신이 엉엉 울었던 이야기, 아빠의 허벅지를 볼 때마다 미안해져서 반바지를 못 입게 했던 이야기 등…. 승연은 오빠도 오빠지만, 만약 여자인 자신의 얼굴에 그렇게 큰 화상 흉터가 생겼더라면 아마도 평범하게는 살지 못했을 거라며, 그래서 평생 아빠한테 감사하는 마음을 가지고 있다는 사실을 아주 담백하게 이야기했다. 또한 그렇기 때문에 어머님은 정말로 대단하신 일을 한 거다, 실제로 만나 뵈면 이 말씀을 꼭 드리고 싶었다며 네일아트를 한 춘옥의 두 손을 살포시 붙잡았다.

"어머니는 정말로 고운 손을 가지셨어요."

승연의 말은 적어도 춘옥의 네일아트를 보고 한 말이 아니었다.

다음 날 춘옥은 다시 〈내일은 네일〉을 찾았다. 목요일의 네일샵엔 앨리스와 사장님이 함께 근무하고 있었다.

"네일 아가씨, 어제 아들 여자 친구를 만났는데, 아니 글

쎄 아들 녀석이 너무나 상냥하고 다정한 친구를 데려왔지 뭐예요! 이 쭈글쭈글 흉진 손을 보고도 도리어 곱다고 하지를 않나….”

“아드님이 좋은 사람을 만난다니 다행이네요.”

“그나저나 도대체 어떻게 저한테 특별한 내일을 선물한 거예요? 아가씨가 이틀 전에 그랬잖아요, 어제를 들려주면, 특별한 내일을 선물하겠다고….”

“에이, 손님 무슨 말씀을 하시는 거예요? 저는 분명히 특별한 네일을 선물해 드린다고 했는데요.”

“예? 아가씨가 그런 게 아니면, 어떻게 저한테 그렇게 특별한 하루가 온 거죠?”

“글쎄요, 잘은 모르겠지만…. 어제는 손님이 스스로 만든 내일이 아니었을까요? 화요일에 저희 가게에서 말로는 시시하다고 표현하시면서도 정작 제게 들려주었던 손님의 어제는 소소한 일상에 대한 감사가 담겨 있었거든요. 아마도 손님의 하루하루는 그런 식으로 연결되어 있을 거예요.”

앨리스는 빙그레 미소를 지으며 춘옥에게 대답했다.

현섭의 월요일, 마주친 시선

〈내일은 네일〉 앞 골목길에도 어느덧 가을이 지나가고 있었다. 앨리스는 이미 지난주부터 가게 앞 미니 테라스로 화분을 내놓지 않고 있었다. 덕분에 가게 안이 좀 비좁아지긴 했지만, 지금 같은 날씨에 열대 식물들을 밖에 내놓으면 아마 일주일 만에 꽃들이 전부 시들어버릴 것이다.

화요일 저녁, 네일샵 마감을 앞둔 앨리스는 몇 시간째 가게 앞으로 행인이 한 명도 지나다니지 않고 있었다는 사실을 깨달았다. 애당초 통행량이 적은 골목길이긴 했지만, 그래도 이 정도로 사람이 없는 거리는 아니었다. 아마도 갑자기 쌀쌀해진 날씨에 다들 외출할 엄두를 내지 못하는 것일지도 모른다.

차라리 아예 확 추울 때는 껴입고라도 외출을 강행하지만, 요새 같은 애매한 환절기에는 어떤 복장을 해도 하루 중 한 번은 날씨에 된통 당하기 때문에, 차라리 외출을 삼가게 되는 것이다. 아침 추위에 맞추어 옷을 입으면 점심에 땀을 뻘뻘 흘리게 되고, 점심 햇살에 맞추어 옷을 입으면 퇴근길에 오들오들 떨면서 서둘러 집으로 가야 한다. 결국 그녀는 오늘 정해진 마감 시간보다 조금 일찍 가게를 정리해야겠다고 생각했다.

"저기, 혹시 영업 끝났나요?"

바로 그때 한 남자 손님이 가게에 들어왔다. 앨리스는 어색하면서도 밝은 미소로 손님을 맞이했다.

"어서 오세요! 아직 영업 중이랍니다."

남자 손님은 자신이 어울리지 않는 장소에 있다는 것을 자각하기라도 한 듯 안내받은 자리에 바로 착석하지 않고 잠시 매장 안을 서성였다.

"손님? 어떤 시술을 받으러 오셨나요?"

"그, 혹시… 손에 박힌 굳은살도 제거해 주나요?"

"굳은살 제거요? 핸드 관리 하시면 가능해요."

"그럼 손이 얼마나 부드러워지나요?"

"손 상태에 따라 다르긴 한데, 손님 손 한번 보여주시겠어
요?"

앨리스가 손을 보여달라는 의미로 양손을 내밀었지만, 남
자 손님은 여전히 서 있는 채로 쭈뼛거리며 차마 자신의 손
을 꺼내지 못하고 있었다.

"저, 손님 손 상태를 먼저 보여주셔야…."

그는 괜히 손을 옷에 한 번 문지른 뒤 앨리스에게 자신의
양손을 내밀었다. 남자 손님의 손에는 손바닥부터 손가락
마디마디에 굳은살이 가득 박여 있었다.

"무슨 일 하시는 분이세요? 이 정도는 오늘 한 번에 제거
하긴 어려울 것 같은데요…."

"아, 저 체대생이에요. 훈련 때문에…."

"아…."

손님의 대답에 수긍이 간 앨리스는 다시금 손님을 자리로 안내했다.

"먼저 이쪽으로 앉으시고요, 굳은살이 오늘 한 번에 말끔하게 제거되지도 않겠지만, 지금처럼 계속 운동하시면 사실 관리를 받아도 소용없긴 해요. 그래서인가, 손톱도 좀 깨져 있고…."

"그래도 지금보다만 나아지면 되니까…."

"그럼 손님, 이렇게 하시는 건 어때요? 관리받는 동안 저한테 손님의 월요일 어제 이야기를 들려주세요. 그럼 전 손님한테 특별한 네일을 선물해 드릴게요."

"제 어제 이야기를… 왜요…?"

"제가 그런 얘기 듣는 걸 좋아해서요."

"저, 어제 아무 일도 없었는데…."

"그냥 평범한 일상 이야기 같은 거 있잖아요. 손님이 생각하는 그 '아무 일'을 저한테 들려줄래요?"

남자 손님은 잠시 고개를 숙였다가 이내 다시 얼굴을 들고 투박하게 자신의 이야기를 시작했다.

월요일 아침, 기숙사에서 생활하는 현섭은 오늘도 캠퍼스 운동장에서 조깅을 했다. 트레이닝 복장으로 기숙사를 나와 아침 공기를 콧속 깊숙이 넣으면 그제야 뇌가 깨어나는 기분이 들면서 상쾌한 하루가 시작된다.

그는 조깅 후 간단하게 아침을 챙겼다. 오늘의 메뉴는 늘 그랬듯 닭가슴살과 방울토마토였는데, 언젠가부터 현섭은 매일 아침 챙겨 먹는 닭가슴살이 고무를 씹는 것처럼 고역스러웠다.

'웩, 맛없어.'

월요일 오전 2, 3교시는 별관에서 운동심리학을 듣는 날이다. 현섭은 언제나처럼 강의실 뒤쪽에 앉아 조용히 강의를 들었다. 그런데 강의가 끝날 무렵, 강의실 앞쪽에 앉아 있던 여학생이 고개를 돌리다 현섭과 눈이 마주쳤다. 오다가다 인사 한 번 나눠본 적 없는 여학생과의 눈 맞춤이 다소 민망했던 현섭은 재빨리 고개를 돌려버렸다.

현섭은 가방을 챙겨 강의실을 벗어나 학생회관 구내식당으로 향했다. 월요일 점심 메뉴는 돈까스와 제육볶음이었다. 그는 점심 메뉴를 두고 한참을 고민하다 결국 200원저렴한 돈까스를 주문했다.

혼자 구석 자리에서 식사를 하던 현섭은 구내식당으로 조금 전 운동심리학을 같이 들었던 여학생이 들어오는 것을 보았다. 그쪽은 아직 현섭을 발견하지 못했지만 현섭은 이미 그 친구를 봐버렸기에, 애써 고개를 숙이며 묵묵히 돈까스를 입에 욱여넣었다.

그렇게 돈까스를 세 점 정도 먹었을 때 그는 다시금 고개를 들어 구내식당 식기 반납대 쪽으로 시선을 고정했다. 구내식당에서 밥을 먹을 땐 도대체 시선을 어디에 두어야 할지가 그에겐 가장 어려운 문제였다. 고개를 숙인 채 식판만 쳐다보고 밥을 먹으면 '같이 밥 먹는 친구도 없는 찌질이'라고 광고하는 기분이고, 그렇다고 고개를 빳빳이 세워 정면을 보고 먹자니 또 다른 누군가와 눈이라도 마주칠까 봐 내내 신경이 쓰였다.

식사를 마친 현섭은 식판을 챙겨 반납대 쪽으로 자연스럽게 걸어갔다. 그는 숟가락과 젓가락을 분리한 뒤, 식판을 레일에 올려두었다. 그리고 몸을 돌려 구내식당을 나가려던 찰나, 조금 전에 애써 시선을 피했던 여학생과 결국 또 눈이 마주쳤다. 현섭은 급하게 시선을 돌렸지만, 어쩐지 방금 그 여학생이 자신에게 고개를 끄덕이며 인사를 건넨 것 같았다.

'내가 자기를 무시했다고 생각하면 어쩌지? 다시 들어가서 인사하는 건 좀 오버인데….'

찜찜한 마음을 거두며 학관을 벗어난 현섭은 곧장 체육관으로 향했다. 그리고 아무 생각 없이 운동장을 돌고 또 돌았다. 그렇게 온몸이 가볍게 데워지자, 그는 덤벨 운동을 시작했다. 덤벨 운동 다음으로는 바벨 운동을 하고, 마지막으로 스쿼트를 했다.

운동을 마친 현섭은 단백질 보충을 위해 편의점에 들러 두부 한 팩과 프로틴 음료를 집어 들었다. 그런데 하필 오늘따라 유독 냉장고의 아이스크림이 눈에 들어오는 것이었다.

'마지막으로 아이스크림을 먹었던 게 언제였더라….'

현섭은 편의점 안을 뱅글뱅글 돌면서 한참을 고민하다 결국 아이스크림 두 개를 집어 들었다.

'치팅 데이…. 그래, 오늘은 치팅 데이다….'

계산을 마친 뒤, 편의점을 나서자마자 아이스크림 하나를 거칠게 뜯은 현섭은 그 자리에서 두 입 만에 아이스크림 하나를 먹어 치웠다.

'와, 와아-!'

아이스크림을 먹는 동안 현섭은 깨달았다. 자신이 지금 광진구에서 가장 맛있는 아이스크림을 먹었다는 사실을. 아마 오늘만큼은 캠퍼스 안 그 누구도 현섭만큼 맛있는 아이스크림을 맛보지 못했을 것이다.

기숙사로 돌아와 시원하게 샤워를 마친 현섭은 편한 옷으로 갈아입은 뒤, 자신의 양손을 바라보았다. 그의 손은 손바닥에 깊숙이 박인 굳은살 주변이 찢어져 피부가 너덜거리고 있었다.

'어쩐지…. 오늘 벤치프레스 할 때 너무 아프더라….'

현섭은 인터넷에 '굳은살 제거', '굳은살 없애는 방법' 등을 찾아보았다.

"★'내일은 네일'에서 깔끔하게 굳은살 제거해 드립니다☆"

'내일은 네일…. 근데 남자도 이런 데 가나?'

그는 네일샵 위치를 저장한 뒤 잠자리에 들었다.

"…그렇게 이곳을 알게 됐어요. 말씀드렸잖아요, 어제는 정말 아무 일도 없었어요."

"들어보니 아무 일도 없었던 것 아닌 것 같은데요?"

"예?"

현섭의 왼손 굳은살 제거를 끝낸 앨리스는 나머지 오른손 굳은살 주변에도 굳은살 오일을 도포했다. 곧 스톤 파일로 돌처럼 딱딱하게 굳어진 굳은살을 열심히 긁어낸 뒤, 에탄올로 손에 남아 있던 유분기를 말끔하게 닦아내었다.

"수업 들었을 때 눈이 마주쳤던 여학우 분과 구내식당에서도 눈이 마주쳤다는 거잖아요?"

"아, 그러니까요…. 제가 좀 낯을 가리는 성격이라 그럴 때마다 시선 처리가 참 어려워요."

"손님이 아직 잘 모르시는 것 같은데, 사람과 사람이 정면으로 눈을 마주치는 상황은 그리 흔하지 않아요."

"예?"

"아마도 그게 우연은 아닐 거라는 말씀을 드리는 거예요."

현섭은 도통 무슨 소리인지 알 수 없다는 눈으로 앨리스를 바라보았다. 아니나 다를까, 앨리스는 손을 관리하는 데 열중하고 있었고, 역시나 눈은 마주치지 않았다. 현섭의 양 손바닥에 있던 굳은살을 최대한 제거한 앨리스가 테이블을 정리하며 말했다.

"아마 손님의 내일은 굉장히 특별한 하루가 될 것 같은데요?"

수요일 아침, 기숙사에서 생활하는 현섭은 오늘도 캠퍼스 운동장에서 조깅을 했다. 트레이닝 복장으로 기숙사를 나와 아침 공기를 콧속 깊숙이 넣어주면 그제야 뇌가 깨어나는 기분이 들며 상쾌한 하루가 시작된다.

그는 조깅 후 간단하게 아침을 챙겼다. 오늘의 메뉴는 구운 계란과 고구마였다. 현섭은 구운 계란을 크게 한입 베어 물어 안에 있는 노른자를 먼저 꺼내먹었다.

'고소하네.'

수요일 오전 1, 2교시는 본관에서 스포츠영양학을 듣는 날이다. 현섭은 언제나처럼 강의실 뒤쪽에 앉아 조용히 강의를 들었다. 그러고 보니 언제나 맨 뒤에서 혼자 수업을 듣는 현섭은 동기들과 눈이 마주치는 상황이 거의 없었다. 그는 강의를 듣다 문득 그런 생각이 들었다.

'그러니까 누군가와 눈이 마주친다는 건 단 1초라도 상대와 내가 동시에 서로를 마주 봐야 가능한 일이구나….'

강의를 마친 뒤 과 사무실을 방문한 현섭은 그곳에서 지난 월요일에 눈이 마주쳤던 여학생의 뒷모습을 발견했다. 그는 아주 잠시 그녀의 뒷모습을 응시했다. 그러자 곧 용무를 마친 그 여학생이 뒤를 돌아보았고, 그 순간 두 사람은 또다시 눈이 마주쳤다.

'아.'

여학생과 세 번째로 시선이 마주친 현섭은 그제야 전날 네일샵 직원이 했던 말이 무슨 뜻인지 깨달았다. 누군가와 우연히 동시에 시선이 마주칠 확률은 굉장히 낮지만, 어느 한쪽이 먼저 지켜보고 있었다면 두 사람의 시선은 충분히 마주칠 수 있는 것이다.

"아, 안녕…, 난 월요일에 별관에서 운동심리학 같이 듣는…."

"알아, 강현섭. 내 이름은 정소라야."

그렇게 그날은 현섭의 반복되는 일상에 누군가가 뛰어든 아주 특별한 하루가 되었다.

2부

하나의 월요일

월요일 아침부터 하나는 그만 늦잠을 자고 말았습니다. 알람 시계가 고장 난 것인지, 알람을 듣고도 일어나지 못한 것인지를 따질 겨를조차 없었어요. 왜냐하면 하나의 선생님은 유독 지각생에게만 엄격한 분이셨거든요.

"엄마! 나 늦었어!!"

"어머! 세상에! 엄마가 그만 아침에 계란말이를 태우는 바람에 하나 깨우는 걸 깜박했어!"

하나의 엄마는 이른 아침부터 태워 먹은 프라이팬을 닦느라 딸아이를 깨우는 것을 까맣게 잊어버렸어요. 그렇다면 아마도 하나의 알람 시계는 고장이 난 게 틀림없겠네요.

"어떡해…! 나 지금부터 세수만 하고 뛰어가도 1교시 늦는단 말이야…."

월요일 아침부터 지각하게 생긴 하나는 발을 동동 구르며 애꿎은 엄마를 탓해보지만, 시곗바늘은 이미 8시를 훌쩍 넘겨버린 뒤였어요. 어젯밤 늦게까지 드라마를 보는 게 아니었는데…. 뒤늦은 후회를 해보지만, 소용없었죠.

"하나야, 그럼 얼른 세수하고, 옷 갈아입고 나올래? 엄마가 차로 데려다줄게! 그럼 1교시 전까지 교실에 도착할 수 있을 거야."

"아…. 알겠어!"

하나는 허겁지겁 화장실로 들어가 어푸어푸 세수를 한 뒤 방으로 돌아와 재빨리 잠옷을 갈아입었어요. 깨우는 것을 깜빡한 것도 미안한데 거기다 딸아이를 차마 빈속으로 학교에 보낼 수 없었던 엄마는 그사이 서둘러 식빵에 딸기잼을 발라 플라스틱 반찬통에 담았습니다. 이어서 급하게 냉장고를 열어 방울토마토 몇 개를 꺼낸 뒤, 꼭지를 떼고 흐르는 물에 꼼꼼하게 씻어서 일회용 비닐 백에 넣었어요.

"하나야, 엄마 차에서 이거라도 먹으면서 가자. 얼른 타."

"엄마, 빨리! 서둘러야 돼!"

엄마는 하나가 안전벨트를 맨 것을 확인한 뒤 차에 시동을 걸었어요. 조수석에 앉은 하나는 차가 출발하자마자 엄마가 급하게 준비한 딸기잼 토스트를 한입 베어 물었죠.

"방울토마토도 같이 좀 먹어봐."

하나는 엄마가 건넨 비닐 백에서 방울토마토 하나를 꺼내 먹더니 이내 인상을 쓰며 조용히 중얼거렸어요.

'웩, 맛없어.'

수업 시작 5분 전에 간신히 학교에 도착한 하나는 자신이 지각하게 된 상황이 마냥 엄마 탓만은 아니라는 것을 알고 있었어요. 그래도 아주 잠깐 엄마에게 인사를 할지 말지 망설였답니다.

"우리 하나, 아직도 엄마한테 삐졌어?"

"아니야…. 나도 엄마한테 짜증 내서 미안해. 그래도 태워다줘서 고맙습니다."

"1교시 수업 늦겠다, 얼른 들어가!"

운동장을 가로질러 뛰어가던 하나는 고개를 돌려 엄마의 차를 다시 한번 쳐다보았어요. 엄마는 여전히 하나를 지켜보고 있었고요. 곧 그녀는 양팔을 크게 휘저으며 엄마한테 소리쳤어요.

"엄마! 잘 가!"

교실에 도착한 하나에게 짝꿍이 아침 인사를 건넸어요.

"하나야, 안녕! 그런데 오늘 왜 늦었어?"

"아침에 그만 늦잠을 자버렸지 뭐야."

"엄마가 안 깨워줬어?"

"대신 엄마가 차로 학교까지 태워줬다~!"

엄마의 차를 타고 학교에 온 게 엄청난 자랑거리라도 되는 양 하나는 짝꿍에게 고개를 치켜들며 대답했어요.

곧 선생님이 교실로 들어오셨고 1교시 수업이 시작되었죠. 하나는 가방에서 책을 꺼내 책상에 펼쳤고, 하나의 짝꿍은 노트에 열심히 필기를 시작했어요. 그렇게 1교시 수업을 마치고 짝꿍과 함께 화장실에 간 하나는 짝꿍이 주머니에서 분홍색 틴트를 꺼내어 입술에 바르는 것을 보았어요.

"그게 뭐야?"

"하나 너 틴트 몰라?"

"엄마 화장대에서 봤는데…. 근데 이거 선생님이 뭐라고 안 하셔?"

"나 아침에도 바르고 왔는데, 아까 1교시에 아무 말도 안 하셨는걸?"

하나는 평소 엄마가 화장대에 있는 화장품에는 절대로 손을 대지 못하게 했기 때문에, 그동안 학생은 틴트를 바르면 안 되는 줄로만 알았어요. 하지만 짝꿍의 입술이 예쁜 분홍색으로 반짝이자 자신도 저렇게 예쁜 입술이 갖고 싶다는 생각이 들었어요.

"그거 나도 한 번 발라봐도 될까?"

"하나 너 혈액형이 뭐야?"

"나? A형."

"그래? 나도 A형이니까 괜찮아!"

하나의 혈액형을 들은 짝꿍은 너무나 선뜻 하나에게 자신의 틴트를 빌려주었어요. 하나는 화장실 거울을 보며 친구의 틴트를 입술에 발라보았습니다. 그런데 고작 분홍색 틴트 하나 발랐을 뿐인데, 어쩐지 자신이 아이돌 핑크앤미의 유나가 된 것 같았어요. 그래서일까요? 하나는 2교시부터 반장 정훈이가 계속 자신을 힐끗거리는 기분마저 들었답니다. 사실 정훈은 하나가 몰래 짝사랑하는 남학생이었어요.

하나는 수업이 끝나자 동네 친구와 함께 집으로 걸어가기로 했어요. 하나의 동네 친구는 같은 반이 아니었기에 두 아이는 함께 걸어가는 동안 서로 학교에서 있었던 일들을 조잘조잘 이야기하기 시작했어요.

"오늘 짝꿍이 학교에 틴트를 가져와서 아침에 나도 발라 봤당!"

"진짜? 어쩐지 하나 너 오늘따라 입술이 예쁘더라!"

하나는 동네 친구에게 입술을 쭉 오므려 내밀었고, 친구는 부럽다는 듯 하나의 입술을 뚫어지게 쳐다봤어요. 사실 급식을 먹으면서 틴트는 전부 지워졌지만, 하나는 여전히 자신의 입술에 틴트가 발라져 있는 줄 알았거든요. 동네 친구는 그런 줄도 모르고 하나가 입술에 무언가를 발랐다고 하니 괜히 기분 좋게 부추겨 준 것이었지요.

"우리 반은 오늘 쪽지 시험을 봤는데, 다들 공부를 안 해

와서 선생님이 엄청 화가 나셨어."

"너희 반 선생님 엄청 무섭지 않아? 3반 선생님 다들 호랑이 선생님이라고 수군거리던데…."

"맞아, 우리 선생님 화나면 진짜 엄청 무서워!"

"우리 선생님은 엄청 상냥한데…."

"게다가 선생님은 부반장만 예뻐한다?"

"근데 너희 반 부반장이 원래 좀 예쁘지 않아? 지난번에 머리 묶고 온 거 보니까 핑크앤미 아람 같았어!"

"맞아, 실제로 예쁘긴 해…. 아, 그리고 우리 반 부반장은 옷에서도 좋은 냄새 난다?"

"너도 옷에서 좋은 냄새 나는데? 몰랐어?"

두 아이는 잠시도 쉬지 않고 조잘조잘 떠들며 집을 향해 걸어갔어요. 어느새 갈림길에 도착한 하나와 동네 친구는 서로 인사를 나눈 뒤 각자의 집 방향으로 발걸음을 옮겼답니다.

"엄마, 나 왔어~"

"엄마 화장실~"

하나가 거실 소파에 앉아 리모컨을 집으려던 순간 베란다

천장에 달려 있던 풍경이 갑자기 시야에 들어왔어요. 베란다 문은 전부 굳게 닫혀 있었기에 풍경은 그 자리에서 가만히 미동조차 하지 않고 있었죠. 하나는 아주 잠시 그 풍경을 바라보았어요. 그러자 신기하게도 익숙한 풍경 소리가 마치 하나의 귀에 들리는 것만 같았어요. 적막한 거실에서 풍경 소리를 떠올리는 것만으로도 행복해진 하나는 방금 집어 들었던 리모컨을 다시 제자리에 내려놓았습니다.

"하나야, 뭐해?"

"엄마도 풍경 소리 들려?"

"풍경 소리?"

"풍경을 보는 것만으로 풍경 소리가 들리지 뭐야? 정말 신기하다…."

엄마는 하염없이 풍경을 바라보고 있는 딸에게 간식거리를 만들어줘야겠다고 생각했어요. 그녀는 곧 냉장고에서 꽝꽝 언 쑥떡 봉지를 하나 발견했죠.

"하나야, 엄마가 맛있는 거 해줄까?"

"좋아!"

엄마는 쑥떡을 전자레인지에 살짝 돌려 해동한 뒤, 프라이팬을 꺼내 그 위에 쑥떡을 올려놓았어요. 그러고는 식용유를 살짝 둘러 타지 않게 쑥떡을 앞뒤로 구웠습니다.

"엄마, 이게 뭐야…?"

난생처음 보는 요리에 하나는 당황스러움을 감추지 못했어요. 엄마가 맛있는 걸 만들어주는 줄 알았는데, 하필 쑥떡이라니요. 저런 게 맛있을 리가 없다고 생각한 하나는 미간을 찡그리며 후식에 대한 기대를 저버렸어요.

하지만 곧 앞뒤로 바삭하게 구워진 쑥떡의 비주얼을 보자, 자신도 모르게 군침이 돈 하나는 엄마 곁에 딱 붙어서 말없이 엄마의 요리를 지켜보았습니다.

엄마는 곧 찬장에서 설탕을 꺼내 쑥떡 위로 설탕을 뿌렸어요. 가열된 프라이팬 위에서 설탕이 캐러멜처럼 녹아내리자, 어느새 하나의 눈이 똥그래졌어요. 엄마는 녹은 설탕을 쑥떡의 양면에 골고루 묻혀서 바삭하게 만들었어요.

"자, 다 됐다!"

엄마는 접시에 방금 구운 설탕 코팅 쑥떡을 예쁘게 담았어요. 그리고 포크 두 개를 챙겨서 식탁 위에 올려놓자 하나는 어쩔 줄 모르겠다는 듯 엄마와 쑥떡을 번갈아 쳐다보았습니다.

"이거 먹어도 돼?"

"그럼! 아마 깜짝 놀랄걸?"

하나는 김이 모락모락 나는 쑥떡 구이 하나를 입가로 가져가 먼저 조심스럽게 호호 불었어요. 엄마는 식히는 과정을 생략하고 한입 덥석 베어 물더니 한겨울 호떡을 먹듯 입 안을 오므려 그제야 호호 불기 시작했답니다.

"너무 맛있어!"

쑥 향을 덮어버릴 정도의 단맛에 하나는 쑥떡 구이를 앉은자리에서 연속으로 세 개나 먹어치웠어요. 엄마는 그런 하나를 사랑스럽게 지켜보았답니다.

"응? 엄마 나 언제부터 쳐다보고 있었어?"

정신없이 쑥떡 구이를 먹던 하나는 뒤늦게 엄마의 시선을 알아차렸어요.

"엄마는 항상 우리 하나 지켜보고 있지."

"정말?"

하나는 괜히 기분이 좋아졌어요. 그동안 엄마랑 눈이 참 자주 마주친다고 생각했는데, 알고 보니 엄마가 먼저 자신을 지켜보고 있었다는 사실을 방금 알게 되었거든요.

간식을 배불리 먹은 두 사람은 나른함에 소파에서 깜빡 잠이 들고 말았어요. 엄마의 무릎을 벤 채 잠이 든 하나는 꿈 속에서 아주 오랜만에 아빠를 만났답니다.

"아차차, 마트에서 두부를 깜빡했네!"

낮잠에서 깨자마자 냉장고를 정리하던 엄마가 갑자기 손 톱을 깨물며 당혹스러워했어요. 그러자 하나가 부엌으로 쪼 르르 달려와 엄마에게 물어보았죠.

"엄마, 내가 두부 사 올까?"

"저녁에 김치찌개 해 먹으려고 했는데…. 역시 찌개에 두 부가 빠지면 안 되겠지?"

"내가 편의점에서 금방 사 올게!"

"그럼 엄마가 오천 원짜리 줄 테니까 두부랑 하나 먹고 싶 은 아이스크림도 두 개 골라올래?"

"응!"

엄마의 심부름에 신이 난 하나는 겉옷을 챙겨 입고, 신발 을 신은 뒤 골목 끝 편의점을 향해 뛰어갔어요. 엄마가 자신 에게 임무를 준다는 것도 기분이 좋았지만, 오늘은 심지어 아이스크림도 두 개나 고를 수 있게 되었으니까요.

편의점에 도착한 하나는 냉장 코너에서 두부 한 팩을 집은 뒤 까치발로 아이스크림 냉장고 안을 들여다보았어요. 한참을 망설이다 쭈쭈바 두 개를 고른 하나는 계산대로 두부와 아이스크림을 가져가 점원에게 오천 원짜리와 함께 내밀었어요.

계산을 마친 하나가 편의점을 나서려던 순간, 갑자기 하늘에서 소나기가 쏟아졌어요. 우산이 없었던 하나는 처음에는 어쩔 줄 몰라 하다, 집까지 금방 뛰어가면 되겠다는 생각에 두부와 아이스크림을 품에 안고 빠른 걸음으로 뛰어가기 시작했죠. 곧 저 멀리 우산을 들고 뛰어오는 엄마가 보였어요.

"하나야!"

"엄마!"

"갑자기 이게 웬 비라니. 집에서 빗소리 듣고 엄마 깜짝 놀랐어!"

"근데 엄마, 있잖아, 빗소리가 너무 예뻐! 엄마도 한번 들어봐!"

이미 머리와 어깨가 홀딱 젖은 하나는 자신이 젖었다는

사실도 모른 채 그저 품 안에 두부와 아이스크림을 꼭 안고 있었어요. 엄마는 우산을 든 채 쪼그려 앉아 하나의 고사리 같은 손에 담겨 있던 두부와 아이스크림을 건네받았어요. 곧 빗방울 소리가 두 모녀를 둘러싸며 아름다운 하모니를 만들어냈어요. 그러자 하나는 빗방울 소리에 리듬을 맞추어 흥얼거리기 시작했어요.

"홀리~ 홀리~ 나만의 파라다이스~!"

그것은 하나의 엄마가 종종 흥얼거리던 옛날 가수의 노래였어요. 두 모녀는 우산을 쓰고 함께 노래를 흥얼거리며 집으로 돌아왔어요. 그리고 그날 저녁, 두부가 들어간 맛있는 김치찌개를 만들어 먹었답니다.

아, 참고로 이 모든 건 앨리스의 상상이에요. 왜냐하면 그녀의 딸은 아홉 살 때 세상을 떠나버렸거든요.

일요일에 갇힌 아이

연우는 열일곱 살 때 집에서 가출을 했어요. 평범한 고등학생이었던 그녀는 당시 인터넷 채팅으로 만난 남자친구와 돌이킬 수 없는 사고를 치고 말았죠. 혹여 학교에 소문이라도 나게 될까 봐, 그리고 부모님이 알게 될까 두려웠던 연우는 배가 불러오기 전에 집을 나와 지방의 미혼모 센터로 숨어버렸습니다. 남동생 정우에게도 알리지 않은 채로 말이에요.

PC방에서 인터넷 검색으로 알게 된 미혼모 센터에 입소하게 된 연우는 처음엔 낯선 환경에 너무나 겁이 나 매일 밤을 눈물로 지새웠습니다. 부모님이 보고 싶었지만, 당시 열일곱 살이었던 연우는 자신이 임신했다는 사실을 알게 되면 부모님이 결코 용서하지 않을 거라고 생각했어요. 그래서 입소할 때 모든 신상정보를 거짓으로 기록했습니다.

시설에서 지내는 동안 사무실의 상담 전화가 보일 때마다 부모님 번호를 누르고 싶은 충동이 수도 없이 솟구쳤지만, 연우는 끝내 집으로 전화를 걸지 않았어요. 사실 그녀는 이곳으로 온 뒤로도 두어 번 정도 자신의 선택을 후회했거든요. 지금이라도 집으로 돌아가 부모님께 사실대로 밝히고 수술을 해버릴까 하는 생각을 한 번도 하지 않은 것은 아니었기에, 사무실 전화가 시야에 들어올 때마다 연우는 눈을 질끈 감을 수밖에 없었어요.

그러던 어느 날, 그녀는 시설에 연계된 병원 정기검진에서 초음파로 아이의 첫 심장 소리를 듣게 되었어요. 이제는 정말로 돌이킬 수가 없었어요. 뱃속에서 아이가 무럭무럭 자라고 있었고, 자신이 거기에 있다는 사실을 태동으로 매일 엄마에게 알려주었으니까요.

39주가 되었을 때, 이른 새벽부터 진통이 시작된 연우는 시설 직원분들의 도움을 받아 열여섯 시간의 진통 끝에 딸을 낳았어요. 그녀는 아이의 이름을 하나라고 지었어요.

아이를 낳은 뒤 한동안은 시설에서 연우의 산후조리와 신생아 케어를 도와주셨어요. 연우는 난생처음으로 분유 타는 법, 기저귀 가는 법, 아이 목욕시키는 법 등을 배워야 했어요. 하지만 하나의 빵긋빵긋 웃는 미소 하나면 뭐든지 할 수 있었죠.

연우는 처음에는 밤에도 깊은 잠을 자지 못했어요. 스스로 목조차 가누지 못하는 하나가 너무나 불안해서 밤새 아이의 숨을 확인했거든요. 하지만 그 같은 불안한 마음에도 불구하고 하나의 생사를 확인할 때마다 나는 아가의 숨 냄새는 정말이지 연우를 너무나 행복하게 만들었어요.

시설 직원들은 어린 연우가 어설프지만 엄마의 역할을 오롯이 해내는 모습을 굉장히 대견하게 생각했어요. 하지만 대부분의 시설은 일정 시간이 지나면 모녀가 동시에 퇴소 절차를 밟아야 했기에, 연우는 빠른 시일 안에 하나와 지낼

곳을 다시 구해야 했어요. 다행히 연우의 사정을 안타깝게 생각한 직원들이 연우와 하나 모녀가 함께 지낼 수 있는 미혼모 가정 지원 운영사업체를 대신 연결해 주었어요. 그렇게 연우는 미혼모 지원기관을 통해 급한 주거 문제를 해결할 수 있게 되었어요.

그곳에 있는 동안 연우는 몸이 열 개라도 모자랄 만큼 하루하루를 열심히 살았어요. 기관에서 지원해 주는 교육 프로그램 등을 통해 각종 자격증을 따면서, 하나의 육아도 소홀히 하지 않았거든요. 연우는 매일 밤 하나를 재운 뒤 밤새 자격증 시험을 준비했어요. 어느새 그녀는 바리스타 자격증, 네일아트 자격증, 플로리스트 자격증 등 어디든 취업할 수 있거나 창업하는 데 도움이 되는 자격증들을 열심히 취득했답니다.

하지만 기관의 지원에도 불구하고, 아이를 키우는 데에는 생각보다 많은 비용이 필요했어요. 게다가 미혼모 가정 지원기관의 주거는 입소 기간이 정해져 있었기 때문에 무한정 그곳에 머물 수도 없었고요.

그래서 연우는 당장 일자리부터 구해야 했어요. 다행히

바리스타 자격증 덕분에 카페 매니저로 취직을 할 수 있었습니다. 하지만 잔병치레가 잦았던 하나로 인해 결근 및 대타 근무 횟수가 늘어나자, 카페 사장님은 결국 그녀에게 해고를 통보했어요.

연우는 서둘러 플로리스트 자격증으로 웨딩홀과 연계된 웨딩플래너 업체에 취직했습니다. 하지만 웨딩플래너 일은 주로 주말에 업무가 몰려 있어서, 어린이집이 돌봄을 하지 않는 주말마다 하나를 집에 혼자 방치하게 되기 일쑤였어요. 연우는 집에서 온종일 혼자 있을 딸 하나가 너무나 걱정돼 도저히 플로리스트 일을 할 수가 없었습니다.

결국 애써 취득한 자격증들이 한가득이었는데도 연우는 스케줄 조절이 비교적 쉬운, 집 근처의 식당에서 서빙 알바를 하는 수밖에 없었어요. 다행히 사장님 부부가 미혼모 가정인 연우의 사정을 충분히 이해해 주셨고, 하나가 아프거나 예기치 못한 상황이 발생할 때마다 눈치 보지 않고 퇴근할 수 있도록 최대한 배려해 주셨답니다. 그렇게 맘씨 좋은 분들을 만나 식당 아르바이트를 하며 두어 번 정도 기관 지원을 연장하던 어느 날, 연우는 사장님 부부에게 한 가지 제안을 받게 되었어요.

"연우 씨, 젊은 나이에 혼자 딸 키우면서 사는 게 영 대견해서 말이야…."

사장님 부부의 제안은 얼마 전 사모님의 어머니가 돌아가셨는데, 어머님이 홀로 거주하시던 시골집을 팔자니 번거롭고, 빈집으로 방치하자니 신경이 쓰여 그곳에서 하나를 데리고 사는 게 어떻겠냐는 것이었어요. 지방 시골이었기에 일자리가 막막할 것까지 고려하여 그 동네 식당 일까지 알아봐주셨다는데, 연우는 연신 감사함에 몸 둘 바를 몰랐답니다. 사장님 부부의 제안을 받아들이면 더 이상 하나와 함께 미혼모 지원시설에 주거 연장을 신청하지 않아도 되니까요. 그렇게 연우는 하나를 데리고 지방의 작은 시골마을로 이사 가게 되었어요.

그곳은 생각보다 조용한 마을이었고, 다행히 이웃에는 친절한 할머니가 손자와 함께 살고 계셨어요. 연우는 바로 옆집에 하나 또래의 남자아이가 있다는 사실에 마음이 든든해졌어요. 옆집 남자아이의 이름은 민성이었고, 하나와는 딱 네 살 차이였어요. 하나가 먼저 오빠, 오빠 하면서 민성을 따라다니자 둘은 금세 남매처럼 사이가 좋아졌어요.

그렇게 연우가 이 동네로 이사를 온 지 얼마 되지 않았을 무렵, 동네 사람들은 그녀에게 이상한 말을 전하기 시작했어요. 옆집에 사는 민성이라는 아이는 귀신이 쓰인 아이니, 절대 딸아이와 단둘이 함께 두지 말라는 내용이었죠. 하지만 연우는 하나와 잘 지내는 민성이를 보며 그 같은 소문에 대해서 전혀 개의치 않았답니다.

물론 민성이에 대한 소문이 아주 거짓은 아니었어요. 민성은 인간의 감정을 꺼낼 수 있는 신비한 능력을 가진 아이였고, 동네 아이들의 감정을 꺼내어 이리저리 뒤섞어 버렸기에, 영문을 알 수 없었던 부모들은 민성을 께름칙하게 생각할 수밖에 없었거든요. 하지만 자신의 행동으로 사람들에게 미움을 받고 있다는 사실을 알게 된 민성은 처음으로 자신을 다정하게 대해준 연우 모녀에게는 결코 자신의 능력을 사용하지 않았어요.

연우는 하나를 잘 돌봐주는 민성이 너무나 고마워, 종종 하나와 민성이를 함께 데리고 읍내 이곳저곳을 구경시켜 주었어요. 민성의 할머니는 그런 연우에게, 반찬을 만들 때마다 양을 두 배씩 해서 매번 나누어 주었답니다. 민성이가 할머니의 반찬통을 한가득 들고 연우네로 건너오면, 다음 날 엄마 연우가 깨끗하게 씻어놓은 빈 반찬통을 하나가 챙겨서 민성이의 집으로 놀러 가는 식이었죠. 그렇게 하나와 민성이가 남매처럼 잘 지내는 것을 본 동네 사람들은 시간이 흐르면서 차츰 민성에 대한 나쁜 소문을 잊어갔어요.

연우가 식당에서 일하는 동안, 하나는 거의 대부분의 시간을 할머니의 집에서 민성이와 함께 보냈어요. 그런데 사실 민성은 네 살 어린 하나와 노는 것이 그다지 즐겁지는 않았어요. 단지 하나와 재밌게 놀아줄 때마다 연우가 자신에게 웃어주는 게 좋았을 뿐이에요.

언젠가부터 식당 일을 마친 연우는 자신의 집이 아닌 민성의 집에 들러서 잠시 할머니와 담소를 나누고 하나와 함께 집으로 돌아오는 일상을 유지하게 되었어요. 그 무렵 연우는 막연하게 이 작은 행복이 영원할 거라고 생각했어요. 얼마 뒤, 갑자기 민성의 할머니가 돌아가시기 전까지 말이에요.

"누나, 할머니가 이상해."

"할머니가…?"

손주를 맡긴 뒤 잠적한 자식 부부는 생사조차 알 수 없었고, 그 밖에 왕래하는 친척이 전혀 없었던 이웃집 할머니는 별다른 장례조차 제대로 치르지 못했어요. 그렇게 천애고아가 된 민성은 지역 보육원에 들어가게 되었죠. 연우는 자신이 민성을 거두고 싶었지만, 현재 자신의 벌이로는 딸 하나를 키우는 것만으로도 빠듯했기에 욕심을 잠시 접어두었습니다.

바로 옆집에서 하나를 가족처럼 돌보아주던 이웃집 할머니가 돌아가시자 연우는 새로운 일자리를 구해야 했어요. 그녀는 집에서 조금 먼 동네의 공장 단지 구내식당에 새로 취직하게 되었습니다. 구내식당이 일은 고되어도 일반 식당에 비해 퇴근이 빨랐거든요. 방과 후의 하나를 매일같이 혼자 집에 둘 수 없었기에 연우는 새벽에 일찍 일어나 하나가 먹을 아침상을 차려놓은 뒤 버스를 타고 공장으로 출근해서 구내식당 점심시간이 끝나면 바로 집으로 돌아오는 생활을 한참 동안 지속했어요. 다행히 하나는 엄마가 차려놓은 아침을 먹고 씩씩하게 혼자 스스로 학교에 다녔습니다.

보육원에서 살게 된 민성은 종종 수업이 끝나도 바로 보육원으로 돌아가지 않고 연우네 집으로 향했어요. 연우는 어차피 민성을 자신의 가족으로 생각했기에 거의 매일같이 집으로 놀러 오는 민성에게 눈치 한 번 주지 않았어요. 오히려 눈칫밥 대신 매번 따뜻한 밥을 차려주었죠. 하나는 그런 민성을 따로 사는 친오빠라고 생각했어요.

하루는 연우의 집에서 다 같이 TV를 보던 중 하나가 갑자기 바다가 보고 싶다는 이야기를 꺼낸 거예요. 연우는 혹시나 하는 마음으로 민성에게 물어보았죠.

"민성아, 바다 가본 적 있어?"

"아니. 한 번도 가본 적 없어."

할머니에게 늘 빚진 마음이 있었던 연우는 이번 기회에 하나와 민성에게 바다를 보여줘야겠다고 생각했어요. 하나 역시 태어나서 한 번도 바다에 가본 적이 없었거든요.

"그럼 이번 주말에 하나랑 셋이서 바다 구경 갈까?"

민성이 놀라서 눈을 똥그랗게 뜨고 대답했어요.

"좋아! 너무 좋아!"

주말 아침 연우는 하나와 함께 민성의 보육원으로 향했어요. 보육원 원장님은 익숙하게 연우를 맞이했죠. 원장님과 연우는 민성이 때문에 이미 그동안 여러 번 인사를 나눈 사이였거든요.

"원장님, 민성이 늦지 않게 데리고 올게요."

"민성이는 좋겠네! 바다도 가보고."

연우 앞에서 어린아이 취급을 당하는 게 못마땅했던 민성은 원장 선생님께 인사도 드리지 않은 채로 보육원을 나섰어요. 민성은 빨리 연우 같은 어른이 되고 싶었어요.

터미널에서 연우가 표를 끊는 동안 민성은 하나의 손을 꼭 붙잡고 기다렸어요. 손을 붙들고 기다리는 동안 하나의 여러 감정이 만져졌지만 민성은 절대 그것에 손을 대지 않았죠. 하나의 감정은 대부분 엄마 연우에 대한 사랑으로 가득했어요. 아주 조금, 같은 반 반장을 좋아하는 마음도 섞여 있었지만 엄마를 향한 사랑에는 비할 수 없었죠.

"누나, 하나가 누나를 얼마나 사랑하는지 알아?"

예매한 버스를 기다리는 동안 민성은 하나가 엄마를 얼마나 사랑하는지 연우에게 알려주고 싶었어요. 그런데 연우의 입에서 의외의 대답이 나와버린 거예요.

"당연히 알지."

"그걸 누나가 어떻게 알아?"

"사랑이라는 건, 말하지 않아도 보여주지 않아도 들려주지 않아도 만지지 않아도 알 수 있거든."

민성은 순간 '만지지 않아도'라는 표현에 움찔했어요. 하지만 이내 연우의 표정이 아무렇지도 않은 것을 보고 안심했죠. 동시에 민성은 자신이 눈뜬 장님이 된 것 같은 기분이 들었어요. 감정을 하나하나 만져야만 그 형태를 구별할 수 있는 자신과 달리 연우는 이미 모든 걸 알고 있는 것 같았거든요. 민성은 그런 연우가 너무나 신기했어요.

그런데 사실 연우는 민성의 능력을 이미 알고 있었어요. 어린아이답지 않게 의젓한 민성이가 의아했던 연우는 할머니에게 민성이에 대해 물어본 적이 있었거든요. 할머니는 살아생전에 동네에 떠도는 손주에 관한 나쁜 소문을 듣고 민성을 호되게 혼낸 적이 있었어요.

"민성아, 아랫집 김 씨가 그러던데… 너 그 집 막내아들 찬수한테 무슨 짓 했냐?"

"아저씨네 강아지가 죽은 뒤로 찬수가 너무 슬퍼하길래

내가 찬수의 슬픔을 싹 꺼내줬어."

"뭐시? 슬픔을 꺼내다니…?"

"찬수 손을 잡았더니, 찬수의 슬픔이 만져져서 내가 싹 다 꺼내서 버렸어. 그래서 더 이상 찬수가 울지 않았어."

어렸을 때부터 형제처럼 자란 강아지가 죽었는데도 하루 종일 신이 난 모습의 막내아들 찬수를 보며 김 씨는 낮에 자신의 아들이 민성과 어울렸다는 사실을 떠올렸어요. 때마침 동네에는 민성에 관한 흉흉한 소문이 돌고 있었지만, 김 씨는 처음에 그 소문을 믿지 않았거든요? 그런데 찬수의 상태를 보니 민성에 관한 괴소문을 이제는 믿지 않을 수 없게 된 거예요. 그래서 김 씨는 평소 가깝게 지내던 민성의 할머니에게 이 사실을 전부 솔직하게 말씀드렸어요.

"민성아, 너한테 워쩌다 그런 능력이 생겼는지는 모르겠는디… 함부로 그라믄 큰일 나야…."

"왜? 찬수가 하루 종일 울고 있어서 내가 도와준 건데?"

"다른 사람의 감정은 니가 함부로 꺼냈다 뺐다 하면 안 되는 거여…. 기쁨도 슬픔도 찬수의 소중한 감정이니께…."

민성은 처음엔 할머니의 말이 잘 이해되지 않았지만, 얼마 뒤 연우가 옆집으로 이사를 온 이후 생각을 고쳐먹었어요. 자신이 하는 행동의 옳고 그름은 잘 모르겠지만, 적어도 연우에게 미움받고 싶지 않다는 생각만큼은 명확했으니까요. 민성은 미혼모였던 이웃집 누나 연우를 좋아했어요.

그런 연우와 난생처음으로 바다에 가게 된 민성은 너무나 설레어 밤에 잠도 제대로 이루지 못했어요. 버스를 타고 가는 동안 민성은 자신의 어깨에 기대어 잠든 하나가 혹여 깰까 봐 얼른 버스 창문의 커튼을 당겼어요. 그렇게 세 사람은 두 시간 뒤 목적지에 도착했어요. 하지만 TV 속 동해 바다를 기대했던 민성은 서해의 갯벌을 보고 실망감을 감추지 못했죠.

"이게 뭐야…."

"왜? 실망했어?"

"TV에서 본 거랑 다르잖아!"

"동해는 멀어서 당일치기로 못 간단 말이야. 그리고 서해가 뭐 어때서?"

연우는 토라진 꼬마를 달래기 위해 민성의 옆구리를 슬쩍 간지럽힌 뒤 딸에게 말했어요.

"하나야, 민성이 오빠 도망간다! 오빠 잡으러 가자!"

그렇게 추격전을 펼치던 세 사람은 이내 숨을 헐떡이며 휴전 협상을 했어요. 곧 어딘가에서 나뭇가지 하나를 주워 온 연우는 개흙에 세 사람의 이름을 적기 시작했어요. 연우는 하나와 민성과 자신이 한 가족이라고 생각했거든요. 하나 역시 엄마를 따라 개흙에 자신의 이름을 적는가 싶더니 이내 바로 옆에 엄마가 아닌 같은 반 반장 정훈이의 이름을 새겼어요. 그러고는 가운데 하트를 그려 넣었죠.

"하나, 엄마 몰래 남자친구 생겼어?"

연우는 그런 딸이 너무나 귀엽고 사랑스러워서 하나를 와락 끌어안으며 양 볼을 부볐어요.

"남자친구는 무슨…. 쟤 혼자 좋아하는 거야."

민성은 순간 말을 내뱉자마자 아차 싶었어요. 하나가 놀란 눈으로 잠시 갸웃했지만 연우가 얼른 말을 돌렸죠.

"우리 조개구이 먹으러 가자!"

연우는 조개구이와 칼국수를 주문한 뒤, 조개를 하나하나 손질해서 아이들의 접시에 나눠주었어요. 모래사장에 바로 붙어 있었던 조개구이집은 바다 쪽 창문을 전부 활짝 열어서 바다 냄새가 잔뜩 묻은 바닷바람이 실내로 살랑살랑 들어오고 있었어요. 코끝을 간질이는 바닷바람에 흥이 난 연우는 갑자기 노래를 흥얼거리기 시작했어요.

"홀리~ 홀리~ 나만의 파라다이스~!"

연우는 평소 마당에 빨래를 널면서, 또는 하나와 함께 장을 보러 갈 때마다 종종 브이걸스의 노래를 흥얼거렸어요. 하나는 엄마가 기분 좋을 때마다 흥얼거리는 그 노래를 참 좋아했어요.

"그런데 누나는 형제 없어?"

"있지. 남동생 하나 있어. 정우."

"그런데 그 형은 누나네 집에 왜 한 번도 놀러 오지 않았어?"

센스쟁이 꼬마 녀석은 그간 단 한 번도 하나의 아빠에 대해서는 묻지 않았는데, 연우에게 남동생이 있다는 사실에 대해서는 호기심을 감추지 못했어요. 누나에게 하나 말고 다른 가족이 있다는 게 좀 낯설었거든요.

"누나 동생이 궁금해?"

"아니, 별로⋯."

엘리스의 네일샵

민성은 마음에도 없는 퉁명스러운 대답을 던진 뒤 후회했어요. 사실은 연우의 가족이 궁금했거든요. 하지만 언젠가 자신도 정우 형을 만날 수 있을 거라고 생각했어요. 아마도 그 역시 연우만큼 멋진 사람일 거라 확신했거든요.

그렇게 서해를 다녀온 뒤로도 연우와 하나와 민성은 몇 번의 계절을 더 함께 보냈어요. 봄이 오면 꽃 구경을 가고, 여름에는 계곡으로 물놀이를 가고, 가을이 오면 단풍 구경을, 겨울이 오면 함께 눈싸움을 했죠.

하나는 유난히 꽃을 좋아하는 아이였어요. 시골 마을에는 길가에 각종 야생화가 계절마다 잔뜩 피었고, 엄마 연우는 하나가 물어볼 때마다 꽃의 이름들을 대답해 주었죠. 사실 하나는 엄마가 꽃 이름을 알려줄 때마다 기분이 좋아졌어요. 하나처럼 꽃들에도 각자 이름이 있다는 사실이 너무나 신기하고 기뻤거든요. 다행히 연우는 과거 플로리스트 자격증을 준비할 때 수많은 꽃 이름과 꽃말을 공부해 두어서 하나를 실망시키지 않을 수 있었답니다.

그렇게 하나의 초등학교 2학년 겨울방학, 그리고 민성이 중학교 입학을 한 달 앞둔 어느 날, 민성은 연우의 다급한 전화를 받게 되었어요.

"민성아, 혹시 우리 하나랑 같이 있니?"

"아니, 오늘은 하나 못 봤는데? 누나, 무슨 일 있….."

민성의 말이 채 끝나기도 전에 전화를 끊어버린 연우는
정신없이 달려가 실종신고를 내었어요. 원래는 출근하지 않
는 휴일이지만, 다음 날 사용할 구내식당 식자재 입고 확인
을 위해서 잠시 공장에 다녀온 사이에 하나가 감쪽같이 사
라져 버린 거예요. 연우는 하나에게 무슨 일이 생겼음을 직
감적으로 알 수 있었어요. 하나는 엄마에게 말없이 집을 비
우는 아이가 아니었거든요.

그날 하나는 일요일 점심부터 엄마가 공장으로 향하자,
혼자 집에서 시간을 보내는 게 너무나 지루했어요. 민성은
주로 학교가 끝난 뒤 하나의 집으로 놀러 왔기 때문에 주말
인 오늘은 아무리 기다려도 오빠가 올 것 같지 않았거든요.
그래서 하나는 혼자서 동네 산책을 다녀오기로 결심했어요.
이쪽 시골 마을로 이사를 온 지도 벌써 5년이 다 되었기에
하나는 동네 구석구석 골목길까지 모르는 곳이 없었어요.

문제는 한겨울이다 보니 개천이 꽝꽝 얼어 있었고, 마른

잡초만이 도로 주변에 무성히 자라고 있었다는 거예요. 동네 산책도 재미없어진 하나는 이내 집으로 돌아가야겠다고 생각했어요. 그렇게 터덜터덜 집에 거의 다다랐을 때 집에서 모르는 아저씨가 나오는 것을 목격했어요.

"하나야."

처음 본 아저씨가 하나의 이름을 부르며 다가오자, 하나는 순간 뒷걸음질을 칠 뻔했어요, 그런데 이내 아저씨의 입에서 믿을 수 없는 말이 들려왔어요.

"하나야, 아빠야."

하나는 태어나서 한 번도 아빠를 만난 적이 없었어요. 심지어 그 흔한 사진 한 장조차 없었죠. 아빠에 대해 하나가 물어볼 때마다, 엄마는 항상 아빠는 외국에서 일하고 있다는 대답만 반복했거든요.

실은 연우가 근무하는 공장에, 연우를 눈여겨보던 노총각이 한 명 있었어요. 남몰래 연우를 흠모하던 그는 어느새 그녀의 뒷조사까지 하는 지경에 이르게 되었죠. 연우의 집, 딸아이의 존재, 이웃 관계 등…. 그러던 어느 날, 주말 당직을 나왔던 그는 식자재 입고를 확인하러 잠시 공장에 들른 연우를 보고, 그녀의 딸이 집에 혼자 있다는 사실을 깨달았어요. 연우가 평소 딸아이 사진을 휴대폰 바탕화면으로 해두었기에 그는 이미 하나의 얼굴까지도 알고 있었거든요. 줄곧 연우와의 달콤한 미래를 꿈꿔왔던 노총각에게 그녀의 딸은 거추장스러운 짐이나 다름없었어요. 그는 결국 절대로 해서는 안 될 생각을 실천으로 옮기고 말았습니다.

여전히 구내식당에 있는 연우를 확인한 그는 공장을 벗어나 택시를 타고 서둘러 연우네 집으로 향했어요. 하지만 집에는 아무도 없었고, 서둘러 마당을 벗어나려던 찰나에 바로 집 앞에서 하나를 발견한 거예요.

그는 순간 기지를 발휘해 자신이 하나의 아빠라는 거짓말을 내뱉었어요. 설마 이런 거짓말에 속을까 싶으면서도 당장 자신이 하나와 연우의 집에서 나오는 모습을 들켜버렸기에 어떻게든 둘러대기 위해 아무 말이나 던진 거죠. 문제는 하나가 정말로 그 말을 믿어버렸다는 거예요.

다음 날, 하나가 낯선 사람 손을 잡고 가는 걸 봤다는 동네 사람들의 목격담이 쏟아졌어요. 경찰은 정황증거와 목격자들의 증언을 토대로 하나의 실종사건을 유괴로 분류했어요.

연우는 먹지도 씻지도 않은 채 밤낮으로 딸을 찾아 헤맸어요. 민성도 온 동네를 뒤지며 하나를 찾아다녔고요. 함께 모래놀이를 하던 놀이터, 공놀이를 하던 골목길 등 온 동네를 이 잡듯이 뒤졌고, 옆 동네까지 물어물어 찾아다녔지만 일요일 이후로 하나를 본 사람은 아무도 없었어요.

그렇게 실종된 지 정확히 일주일째 되던 날, 결국 하나는 집에서 30분 거리의 옆 동네 개천 하수구에서 발견되었어요. 그렇게 일요일에 실종된 아이가 정확히 일주일 만에 돌아왔을 때 연우는 심장이 뜯기는 괴로움에 숨조차 쉬지 못했어요. 한겨울 개천 하수구에 있던 하나의 시신은 너무나 차가웠고, 그런 하나의 시신을 부여잡은 연우는 하염없이 목 놓아 오열했어요. 그 울음소리는 듣는 이로 하여금 가슴을 찢어발기는 듯한 서글픔으로 가득했어요.

연우는 하나를 품에 안은 채 "하나야, 엄마가 미안해⋯⋯. 엄마가 미안해⋯⋯." 이 말만을 되뇌었어요.

연우는 하나의 장례를 치르는 동안 기절과 혼절을 반복했고, 발인 후 아예 넋이 나가버렸어요. 장례를 치른 다음에는 하루가 멀다 하고 경찰서를 드나들며 아직도 범인을 못 잡았느냐고 추궁을 해대는 통에 동네 사람들 사이에서는 아이 잃은 미친 여자로 소문까지 나버렸죠.

"죽여버릴 거야. 반드시 범인을 내 손으로 찾아내서 죽여버릴 거야…."

"누나, 왜 그래…. 누나…."

민성은 연우가 이대로 망가져 버리는 게 두려워 결국 연우의 손을 잡아버렸어요. 그렇게 그녀 안에 있는 유괴범에 대한 증오를 추출해 버렸죠. 가장 큰 증오를 추출하자 이제 연우에게는 원망이라는 감정이 도드라지기 시작했어요. 딸을 제대로 돌보지 못한 자신에 대한 원망. 결국 연우는 그것을 견디지 못하고 손목을 그어버렸어요.

"누나!"

연우를 가장 먼저 발견한 것은 민성이었어요. 증오만 꺼내면 될 거라 생각했던 민성은 자신의 불찰로 연우가 극단적인 선택을 했다는 것을 깨달았어요. 민성은 울면서 바들바들 떨리는 손으로 병원 침대에 누워 있는 연우의 손을 붙잡았어요.

"누나, 미안해…. 내가 곧 도와줄게. 미안해…."

그렇게 민성은 그녀 안의 원망을 꺼냈어요. 연우 안의 증오와 원망을 꺼냈으니 더 이상 문제가 없을 거라고 생각했어요.

하지만 퇴원 후 집으로 돌아온 연우는 온 동네가 떠나갈 정도로 목 놓아 울기 시작했어요. 그녀는 사흘 밤낮을 목이 찢어져라 오열했고, 이대로는 하나뿐인 딸을 잃은 슬픔에 집어삼켜질 것 같았죠. 연우는 어느 순간 문득 하나의 신생아 시절 쌔근쌔근 잠들던 숨 내음과 자신을 향해 안겨 오던 작은 몸, 그리고 목덜미를 감싸 안던 따스한 두 팔이 더 이상 세상에 존재하지 않는다는 사실을 깨달아버렸어요. 그런 슬픔은 평범한 사람이 온전한 정신으로는 도저히 견뎌낼 수 있는 게 아니었어요.

"끄윽, 으아아아아악! 으어어어엉…."

자신이 좋아하던 누나가 망가져 가는 모습을 더 이상 지켜볼 수 없었던 민성은 결국 마지막으로 그녀의 슬픔을 꺼내버렸어요.

"이, 이게 뭐야…!"

슬픔만 꺼내면 전부 해결될 거라 확신했던 민성에게 믿을 수 없는 일이 벌어졌어요. 자신이 꺼낸 연우의 슬픔에는 하나에 대한 사랑이 복잡하게 얽혀 있었던 거예요. 깜짝 놀란 민성은 어떻게든 슬픔과 사랑을 분리하려 했지만, 그것은 마치 몸에서 피 한 방울 내지 않고 살점을 베어내는 것만큼이나 불가능한 일이었어요. 증오와 원망은 꺼내자마자 폐기해 버렸지만, 하나에 대한 사랑만큼은 차마 폐기할 수 없었던 민성은 텅 빈 눈의 연우에게 다시 그 감정을 쏟아부었어요. 그러자 다시 그녀는 슬픔이라는 지옥 속에 스스로 빠져버리고 말았습니다.

그날 이후 연우는 밥도 먹지 않았고, 물도 마시지 않았어요. 이대로는 서서히 죽어가는 것과 다를 바가 없었죠. 연우는 감당할 수 없는 슬픔 속에 갇혀서 애타게 민성을 바라보았어요. 그 눈빛은 마치 민성에게 제발 자신을 살려달라고 하는 것 같았어요. 그러던 어느 날, 갑자기 연우가 민성의 손을 붙잡았어요. 연우의 엄청난 슬픔이 만져진 민성은 연우의 두 눈을 바라보았고, 연우는 말없이 고개를 끄덕였어요. 연우가 이대로 또다시 삶의 끈을 놓아버릴까 두려웠던 민성은 결국 연우가 잠든 사이에 다시 연우의 슬픔을 꺼냈어요. 사랑과 슬픔이 엉겨 있었던 연우의 슬픔을 민성은 조심스럽게 머그잔에 옮겨 담았죠. 이튿날 연우는 오랜만에 제대로 된 식사를 할 수 있었어요.

그런데 그녀는 어딘가 모르게 달라져 버렸어요. 더 이상 웃지도 않고, 울지도 않았죠. 마치 감정이 고장 난 사람처럼 얼굴에서 희로애락이 전부 사라져 버린 거예요.

"민성아, 지난번에 내 남동생 궁금하다고 했지?"

"어? 어, 정우 형…."

"정우 보러 갈래?"

민성은 머그잔을 소중히 품에 안은 채 연우의 손을 잡고 정우를 만나러 갔어요. 그녀의 손을 잡고 있는 동안 민성은 눈물이 멈추지 않았어요. 총천연색의 감정을 품었던 그녀의 손에서 더 이상 아무것도 느껴지지 않았거든요.

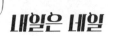

내일은 내일

　연우는 남동생 정우에게 민성을 맡긴 뒤, 다시 자신의 집으로 돌아왔어요. 시골집을 제공해 주셨던 사장님께 전후 사정을 설명한 뒤, 그곳에선 더 이상 살지 못하게 되었음을 알렸죠. 그리고 여름이 오기 전에 자신과 하나의 짐을 전부 처분했습니다.

　연우는 딸아이의 물건들을 정리하면서 놀라우리만큼 아무런 기분이 들지 않았어요. 그저 '아, 이거 하나가 목욕할 때 쓰던 거구나. 이건 하나가 학교 갈 때 메던 가방인데, 쓰레기로 내놓아야 하나, 재활용으로 내놓아야 하나?' 정도의 생각만 들었을 뿐이었어요.

짐가방 두 개에 자신의 짐을 전부 나누어 담은 연우는 버스를 타고 딸 하나와 민성과 함께 놀러 갔던 서해로 향했습니다. 그곳에 도착한 뒤, 그녀는 세 사람의 이름을 함께 적었던 개흙을 보면서 하나의 얼굴을 떠올렸어요.

이제 와서 생각해 보니 하나는 아빠를 쏙 빼닮은 아이였어요. 그 순간 연우는 웃음이 피식 나고 말았습니다. 10년 전 자신의 남자 친구였던 사람은 자신과 똑 닮은 아이가 이 세상에 태어났다는 사실도, 그 아이가 아홉 살에 죽어버렸다는 사실도 알지 못하는 거잖아요? 어쩌면 부모가 서로 나눠 가져야 할 슬픔을 자신만 혼자 짊어지고 있었고, 그 슬픔마저 이제는 더 이상 자신에게도 존재하지 않으니 연우는 문득 하나라는 아이가 참 불쌍하다는 생각이 들었어요. 마치 남의 아이처럼 말이죠. 참고로 연우가 잃어버린 것은 감정이지, 기억은 아니었기에 그녀는 딸 하나와 있었던 일들을 일련의 서류처럼 정돈해서 떠올렸어요.

생각을 마친 연우는 조개구이집에 들어가서 그때와 같은 자리에 앉아 제일 적은 양의 조개구이를 주문한 뒤, 조개를 하나씩 구워서 천천히 맛을 보았어요.

"홀리~ 홀리~ 나만의 파라다이스~!"

전에는 조갯살을 하나씩 아이들의 접시에 올려주었는데, 이번에는 굳이 그렇게 하지 않아도 되었기에 그녀는 조개구이가 타기 전에 입을 벌린 조개들을 미리 불판에서 내려두었습니다. 아무래도 세 사람이 먹는 속도와 혼자서 먹는 속도는 다를 수밖에 없으니까요. 조개구이를 먹은 뒤 연우는 식당에 가만히 앉아 서해의 노을을 한참 동안 지긋이 바라보았어요. 그리고 스스로의 감정을 들여다보았죠.

미숙하고 거칠게 꺼내어진 자신의 슬픔은 아무래도 다른 감정에까지 영향을 끼친 것 같았어요. 딸이 죽었는데도 아무런 느낌이 들지 않다니…. 알고 지내던 옆집 아이가 죽어도 이보단 심란할 것 같은데…. 연우는 졸리면 자고, 배가 고프면 밥을 먹는 자신이 신기하면서도 이상했어요. 어떻게든 억지로 슬픔을 한 번 쥐어짜 보려 해도, 햇볕에 바싹 말라버린 수건처럼 그녀의 눈가에는 눈물 한 방울 맺히지 않았죠.

'이래도 되나….'

머리로는 아는데, 마음이 동하지 않는 괴리감이 연우에겐 불편함이 되었어요. 어떤 땐 딸을 잃었다는 사실 자체를 잠시 잊기도 하고, 불현듯 떠오르면 '아 맞다…. 그랬지?' 하는 식의 의식의 흐름이 반복되었죠.

그녀는 점차 시간이 흐를수록 자신의 감정 자체를 들여다보지 않게 되었어요. 연우는 가진 돈이 전부 떨어질 때까지 어딘가 고장 난 사람처럼 정처 없이 전국을 이곳저곳 돌아다녔습니다.

그렇게 팔당 어딘가에서 우연히 자전거 도로를 발견한 연우는 잠시 고민하다 결국 눈앞의 자전거 도로를 따라 걷기 시작했어요. 그녀는 강변에 있는 공원 편의점에서 간단하게 끼니를 해결하며 하루, 이틀… 하염없이 걸었죠.

그러던 어느 날, 서울 동쪽 초입 자전거 도로에서 연우는 갑자기 걸음을 멈추었어요. 초등학생 정도로 보이는 여자아이들이 까르르 웃고 재잘거리며 자전거 도로 옆 굴다리에서 나오자 불현듯 하나가 떠오른 거예요.

"우리 방금 토끼굴 지났어! 너도 학원 끝나면 토끼굴로

와!"

여자아이 중 한 명이 휴대폰으로 누군가에게 자신들의 위치를 설명하는 것을 들은 연우는 순간 피식 웃음이 났어요.

'나도 어렸을 때 천변에 있는 작은 터널을 토끼굴이라고 했는데, 요즘 아이들도 저런 길을 토끼굴이라고 하는구나….'

연우는 문득 하나가 토끼를 쫓아 이상한 나라로 잘못 가버린 건 아닐까? 라는 생각이 들었어요. 그런데 정말 이상하게도 그렇게 생각하니까 차라리 이 모든 상황이 납득되는 거예요. 이상한 나라에서 하트 여왕의 타르트를 훔쳐 먹다 잡혀서 연우에게 돌아오지 못하는 걸 수도 있잖아요? 그렇게 생각하면 연우가 슬프지 않은 것도 더 이상 이상한 일이 아닌 거죠. 연우는 흰 토끼를 쫓아 굴다리를 지나가는 하나의 환상이 눈앞에 어른거리자, 자신도 그 굴다리로 따라 들어갔어요.

굴다리를 지나자 아파트가 빽빽한 동네가 나왔고, 또 길을 따라 걸었더니 커다란 사거리가 나왔어요. 그렇게 사거리를 지나 주택가가 이어진 한 동네에서 연우는 발걸음을 멈추었어요. 그곳은 광장동 골목길의 한 네일샵이었습니다.

"내일은… 특별한 일이, 생길 거예요….."

한참 동안 유리문의 레터링 간판을 읊조리던 그녀에게 사장이 나와서 인사를 건넸어요.

"안녕하세요! 손님, 네일아트 하시겠어요?"

"…."

감정이 손상된 연우는 사장의 친절함에 처음에는 아무런 반응도 하지 못했어요. 젊은 여성의 비어 있는 표정이 마음에 걸렸던 사장은 일단 연우를 가게 안으로 안내했어요.

"이쪽으로 앉으세요!"

사장의 안내를 받은 연우는 네일아트 숍으로 들어가 얼떨결에 자리에 앉게 되었어요. 하지만 이게 어떻게 된 상황인지 영문을 알지 못했죠.

"…."

"저한테 손 한번 줘보실래요?"

연우는 일단 말없이 사장에게 손을 내밀었고, 오래 식당 일을 해서 거칠고 푸석푸석해진 손을 본 사장은 애써 당황스러움을 감춘 채 그녀와 대화를 이어갔어요.

"젊으신 분 손이 어쩌다 이렇게 됐을까…."

"식당 일을…."

"그러셨구나! 제가 손 관리 좀 해드릴게요. 아, 돈은 안 받을 거니까 걱정 말고요."

연우의 말이 채 끝나기도 전에 사장이 먼저 대화의 흐름을 가로챘어요. 사장은 그녀가 거절할 틈조차 주지 않았죠.

"아, 네…."

연우는 사장에게 손을 맡긴 뒤, 잠시 가게를 둘러보았어요. 형형색색의 매니큐어가 진열된 매대를 보자 그녀는 딸하나의 크레파스가 떠올랐어요.

하나는 알록달록한 크레파스를 가장 좋아했어요. 왜냐하면 가지런히 꽂혀 있는 크레파스들이 들판의 꽃들과 비슷해 보인다는 이유에서였죠. 그래서인지 하나는 엄마가 선물해 준 크레파스를 하나도 사용하지 않았어요. 연우는 하나의 짐을 버릴 때 거의 새것 상태였던 크레파스를 어찌 버려야 하나 잠시 고민했던 기억이 스쳐 갔어요.

"네일아트 받아본 적 있으세요?"

"받아본 적은 없는데… 자격증이 있어요."

"어머, 손님! 네일아트 자격증이 있으세요?"

"자격증만 있어요…. 게다가 자격증을 딴 지도 너무 오래되었고요…."

〈내일은 네일〉 사장님은 거친 손과 텅 빈 눈을 가진 손님을 보면서 알 수 없는 측은지심이 몰려왔어요. 사실 연우는 사장의 여동생과 매우 닮은 얼굴을 하고 있었거든요. 그녀는 자기 여동생을 꼭 닮은 눈앞의 손님을 놓치고 싶지 않았어요. 그래서 방금까지만 해도 전혀 계획에 없었던 네일샵 직원 구인공고를 손님에게 전달했어요.

"그럼 혹시 우리 가게에서 같이 일해볼 생각 있으세요?"

"제가요…?"

"자격증 있으시다니까, 처음에는 보조로 일하다가 기술은 손님 받으면서 하나씩 배우면 되고…."

연우의 손을 뜨거운 수건으로 따뜻하게 감싼 채로 주무르던 사장은 이내 수건을 걷어낸 뒤, 푸셔로 그녀의 손톱 큐티클을 하나씩 긁어냈어요. 이어서 니퍼로 손톱 주변의 거스러미까지 말끔하게 떼어주었죠. 시술을 받는 동안 연우는 뒤집어진 글씨의 〈내일은 네일〉 간판을 뚫어지게 바라보며 중얼거렸어요.

"네일…. 내일이라…."

"네일을 하면 기분이 좋아지잖아요, 그럼 내일이 조금 더 특별해지거든요."

"특별한 내일…. 그럼 저… 정말 여기서 일해도 될까요…?"

"물론이죠! 아 그리고 요 근처에 내가 원룸 하나 세놓으려던 집이 하나 있는데, 아가씨가 당분간 거기서 살래요? 보증금 없이, 월세는 월급에서 제하고요."

사장의 밑도 끝도 없는 호의가 이해되지 않았던 연우는 의아함에 되물었어요.

"왜 그렇게까지…."

"실은 그쪽이 내 여동생이랑 많이 닮았거든요."

"아…."

"근데 지금은 세상에 없어요. 작년까지 병원에서 투병하다가…."

사장은 서둘러 고개를 옆으로 젖히며 눈가에 맺힌 눈물을 감추기 위해 황급히 손으로 부채질을 시작했어요. 사장과

자신의 공통분모를 찾은 연우는 처음으로 제대로 된 문장을
입 밖으로 내뱉었어요.

"아, 저도 얼마 전에 딸이 죽었어요."

무표정한 얼굴로 아무렇지도 않게 대답하는 연우를 보면
서 사장은 그제야 그녀의 텅 빈 눈이 이해되었어요. 사람은
원래 큰 충격에 맞닥뜨리면 어딘가 고장이 나기 마련이니까
요. 자신도 여동생이 세상을 떠났을 때 한동안 비슷한 상태
였기에, 그날 이후 사장은 연우에게 그녀의 딸에 대해서 더
이상 아무것도 묻지 않았어요.

"그럼 이제 우리 한식구가 되었는데, 통성명이라도 할까
요? 아가씨 이름이 어떻게 돼요?"

"연우요."

"혹시 근무할 때 쓰고 싶은 예명 있어요?"

연우는 생각했어요. 하나의 환영을 따라 토끼굴을 지나
왔으니, 지금 이곳은 흰 토끼의 이상한 나라일까요?

"아, 음…. 저…, 그럼 전 앨리스로 할게요."

3부

감정을 파는 가게

정우는 10년 만에 나타난 누나가 웬 소년을 자신에게 맡기고 떠나버리자 정말이지 어이가 없었다. 처음에는 이 녀석이 누나가 집 밖에서 사고 쳐서 낳은 아이인가 싶었지만, 생각해 보니 누나의 가출 시기와 소년의 나이가 맞지 않았다. 답답함에 녀석에게 이게 도대체 무슨 상황인지를 수도 없이 물어보았지만, 민성은 웬 뚜껑 덮인 머그 하나를 품에 안은 채 전혀 입을 열지 않았다. 결국 정우가 이 소년을 자신이 데리고 살아야 한다는 사실을 깨닫는 데에는 그리 오랜 시간이 걸리지 않았다.

한동안은 민성이 한마디도 입을 열지 않았기에 정우는 툴툴거리면서 때마다 꼬박꼬박 밥만 챙겨주었다. 그러던 어느 날, 민성이 입을 열었다.

"정우 형, 나랑 같이 가게 안 할래?"

"가게? 어떤 가게?"

"감정을 사고파는 가게."

정우는 처음에 민성이 어디가 아픈 줄로만 알았다. 그도 그럴 것이 쪼그만 어린애 입에서 제일 처음 나온 말이 감정을 사고팔자니…. 말도 안 되지 않은가. 하지만 민성은 정우의 손을 잡고 그 자리에서 바로 정우의 '의심'을 꺼내서 보여주었다. 의심이 제거된 상태에서 눈앞의 의뭉스러운 액체를 직접 목격한 정우는 더 이상 민성의 말을 믿지 않을 수 없었다.

"어, 그러니까…, 네가 정말로 사람의 감정을 꺼낼 수 있다고?"

"이거 형한테 다시 넣어줘?"

민성이 자신의 손에 담긴 '의심'을 정우의 코앞에 들이밀며 말했다. 육안으로도 썩 아름다워 보이지 않는 의심이라는 감정을 굳이 도로 갖고 싶지 않았던 정우는 고개를 절레절레 저었다.

"형이 사장을 하고, 내가 엔지니어를 할게. 기술적인 건 형이 할 수 없으니까…."

"근데 과연 손님이 올까?"

"때론 감정의 무게가 삶이 무게보다 버거워지는 순간들이 있어. 그리고 그런 순간들은 누구에게나 올 수 있지."

"넌, 그동안 도대체 어떤 인생을 살아왔길래, 쪼끄만 녀석이 말하는 게 아주…."

민성의 설득에 넘어간 정우는 부모님이 돌아가신 뒤 나온 보험금 일부와 아르바이트를 통해 열심히 모은 목돈으로 신림동 한 골목길의 작은 가게를 계약했다. 그리고 녀석의 제안대로 그곳에서 손님들의 감정을 사고팔기 시작했다.

들쭉날쭉한 전신주의 전선들이 너저분하게 꼬여 있는 골목길 끝 간판도 없는 허름한 가게. 군데군데 칠이 벗겨진 시멘트벽과 문을 여닫을 때마다 삐거덕 소리가 나는 목재 미닫이 문. 심지어 가게 내부는 식당인지 창고인지 가늠할 수 없을 정도로 비좁고 어두웠다. 하지만 정우의 예산으로는 이곳이 최선이었다.

후미진 곳에 자리한 가게는 지도에도 등록이 되어 있지 않아 작정을 하고도 찾기가 쉽지 않았다. 개점 이래 별다른 홍보도 하지 않았기에 그곳의 영업시간을 정확히 알고 있는 것은 동네 길고양이들뿐이었다. 그런데도 사람들은 어떻게 이곳의 위치를 알아내는지, 은근히 손님이 끊이질 않았다.

"이곳이 감정을 매입해 준다는 곳인가요?"

"어떤 감정을 팔러 오셨나요?"

"사랑을 팔고 싶은데요."

"음, 사랑을 팔고 싶다고 하셨는데…, 정확히 어떤 상황의 어떤 감정인지를 알아야 우리 엔지니어가 고객님의 감정을 매입할 수 있거든요."

그곳에선 정우가 손님을 응대하면, 민성이 감정을 매입하거나 판매했다.

"미치도록 사랑하는 남자가 있어요. 그런데 그 사람은 절 사랑하지 않는 것 같아요. 분명 서로 감정이 있었다고 생각했는데, 그 사람은 그게 전부 제 착각이래요."

"예, 알겠어요. 일단 저희 엔지니어한테 양손을 좀 내밀어 주시겠어요?"

민성은 손님의 두 손을 맞잡은 다음 눈을 감았다. 정우는 옆에서 그 모습을 말없이 바라보고 있었다. 여자의 손을 잡은 민성은 그녀의 마음속 사랑을 감정하기 시작했다. 어디서부터 어디까지 추출해야 하는지, 그녀의 사랑이 얼마나 깊게 박혀 있는지를 판단해야 정확하게 꺼낼 수 있기 때문이다.

손님의 사랑을 한참 들여다보던 민성은 이내 감정을 마친 듯 눈을 뜨며 손님의 손을 내려놓았다. 그리고 정우를 향해 말없이 짧게 고개를 끄덕였다.

"그럼 저희가 이 가격에 손님의 사랑을 매입하겠습니다."

정우가 계산기에 금액을 찍어 손님과 흥정하는 사이에, 민성은 창고에서 플라스틱 통 하나를 꺼내 왔다. 그러고는 통의 뚜껑을 열어 손님의 왼쪽 옆에 두었다. 다시 한번 손님의 두 손을 맞잡은 민성은 이번에도 눈을 감은 뒤 손님 안에 있는 사랑의 위치를 확인했다. 곧 손님의 손바닥 안으로 그녀의 사랑이 추출되었다.

민성은 손바닥으로 추출된 감정을 조심스럽게 플라스틱 통에 옮겨 담았다. 추출한 감정은 기체인지 액체인지 구별할 수 없는 형태였으며 빛깔 또한 굉장히 오묘했다.

"끝났습니다."

"이게 끝이에요? 아무런 변화도 안 느껴지는데요?"

"저희는 손님의 기억에 손을 대는 게 아니거든요. 감정만 매입하기 때문에 당장 어떤 변화가 느껴지지는 않으실 거예요."

께름칙해 하는 손님의 표정을 읽은 정우가 대신 친절하게 설명했다.

"아마 그분을 직면했을 때 확실히 깨닫게 되실 거예요."

정우와 민성은 그곳에서 사랑이 필요 없어진 손님에게 사랑을 헐값에 구입해 권태기의 연인에게 되팔거나, 가정폭력을 일삼던 아버지를 향한 손님의 증오를 구입해서 데이트폭력에 시달리면서도 남자 친구와 헤어지지 못하는 여성에게 되팔기도 했다. 하루는 민성이 열등감에 사로잡힌 공시생의 열등감을 비싼 값에 매입한 뒤, 애꿎은 손님에게 되팔아 정우와 실랑이가 벌어지기도 했다.

"너 미쳤어? 멀쩡한 사람한테 열등감을 팔 셈이야?"

"열등감이 뭐 어때서? 사랑은 팔아도 되고, 열등감은 안 되는 이유가 뭔데?"

"야, 아무리 우리가 이런 장사를 한다고 해도 폐기해도 모자랄 감정을 손님한테 웃돈까지 받고 파는 건 아니지!"

"형은 정말 그렇게 생각해?"

"너 그걸 말이라고….”

"세상에 쓸모없는 감정이 어디 있어. 두고 봐. 열등감이 저 손님에게 어떤 미래를 가져다주는지."

민성과 정우는 서로 투닥거리면서도 제법 안정적으로 가게를 운영해 갔다. 심지어 정우의 예상과 달리 컴플레인은 한 번도 발생하지 않았으며, 오히려 점점 입소문이 난 덕분에 어떤 날은 연예인이 찾아오기도 했다.

"혹시 이곳에서 슬픔을 구할 수 있을까요?"

"어, 어……. 윤세진 씨 아니에요?"

"아, 네."

"대박…, 대박!"

손님을 알아본 정우는 손으로 입을 틀어막으며 비명을 질렀다.

"제가 오늘 슬픔이 꼭 좀 필요해서요."

메소드 연기가 필요했던 여배우의 황당한 주문에도 민성은 전혀 당황하지 않았다. 그저 말없이 창고에서 머그를 꺼내 와 스포이트를 사용해 딱 한 방울의 슬픔을 팔았다.

그렇게 두 사람의 가게에서 슬픔을 구입한 여배우는 촬영장에서 신들린 연기를 선보였고, 방송이 공개되자마자 인터넷은 온통 그녀의 기사로 도배되었다.

"드라마 봤어? 윤세진이 우리한테 슬픔을 사 간 날 촬영한 거 봤냐니까? 지금 인터넷에 난리가 났어! 완전 신 들린 연기라고. 와…, 나도 그거 보면서 같이 울었다니까?"

"…."

정우의 거듭된 호들갑에도 민성은 별다른 반응을 하지 않았다. 그런 민성의 반응이 멋쩍었던 정우는 괜히 화제를 돌려 민성에게 물었다.

"근데 그날 진짜 딱 한 방울이었잖아. 어떻게 그 한 방울로 저 정도 연기를 할 수 있지?"

"한 방울이었기에 망정이지, 다른 감정들처럼 원액째로 팔았으면 아마 감당하지 못했을걸."

"그나저나 저 머그에 들어 있는 슬픔은 도대체 뭐야? 저렇게 위험한 슬픔을 팔러 온 손님이 있었나?"

"처음 형네 집에 올 때부터 있었던 거야."

민성이 정우에게 가게를 열자고 한 이유는 명확했다. 연우의 감정에 손을 대면서 자신의 기술적 미숙함을 깨달은 민성은 손님들을 통해서 감정을 넣고 꺼내는 연습을 하기 시작한 것이다. 결국 이 모든 것은 머그에 담긴 슬픔과 사랑을 온전히 분리하기 위해서였다. 그렇게 민성은 해가 갈수록 감정을 파는 가게의 엔지니어로서 정교한 기술을 갖게 되었다.

"혹시 창고 선반에 있던 머그 못 봤어?"

"아, 그거? 너무 위험한 감정 같아서 버리려고 뒷마당에 내놨는데?"

"미쳤어? 내가 그 머그는 절대 함부로 손대지 말라고 했잖아!"

민성은 악을 쓰며 뒷마당으로 뛰쳐나갔다. 돌부리에 살

짝 기울어진 머그를 보자 민성은 심장이 뜯겨 나가는 기분이 들었다. 하지만 천만다행으로 머그 안의 감정은 한 방울도 쏟아지지 않은 채 그대로 온전히 담겨 있었다. 그날 민성은 수년 만에 처음으로 정우에게 모든 사실을 털어놓았다.

"그, 그럼 저 머그에 담겨 있는 게 누나의 슬픔이었어…?"
정우는 차마 믿을 수 없다는 듯 민성에게 되물었다.
"연우 누나의 슬픔이자 사랑."
"그래서 그렇게 애지중지 보관했던 거야?"
"슬픔과 사랑은 떼어낼 수 있는 게 아니더라고. 상대방에 대한 사랑, 또는 나 자신에 대한 연민. 세상의 모든 슬픔은 누군가를 사랑해서 생기는 감정이니까."
정우는 누나가 집을 나갔던 10년이라는 시간 동안 막연히 어딘가에서 아주 잘 먹고 잘살고 있을 줄 알았다. 해가 지나면서 '결혼은 했을까? 아이도 있을까?' 정도의 짐작은 했지만, 하나뿐인 딸아이의 유괴라니…. 주검이 된 딸을 품에 안았을 누나의 슬픔은 감히 상상조차 되지 않았다.
"사랑은 플라스틱 통에 담아서 따뜻하게, 증오는 캔에 담아서 차갑게, 열등감은 나무 그릇에 미지근하게, 슬픔은 머그에 담아 실온보다 조금 따뜻하게.

처음에는 감정을 어떻게 보관해야 하는지도 알지 못했고, 성인의 감정에 손을 댄 것도 처음이라 내가 많이 서툴었어. 아이들의 감정은 굉장히 단순해서 도려내기 쉬운데, 연우 누나의 감정은 그렇지 않았어. 잘못 손을 대면 누나의 영혼이 망가질 것 같았어."

"너, 그럼 나한테 이 가게를 하자고 한 이유가…."

"맞아, 열심히 훈련해서 내가 저 머그의 슬픔과 사랑을 분리할 수 있게 되면 다시 누나에게 하나에 대한 사랑을 돌려줄 거야."

이상한 손님

　　점심 무렵 가게 안으로 햇빛이 들어오자 바 테이블에 햇살이 부딪혔다. 그럴 땐 어쩐지 시간이 더디게 흘러가는 기분이 들기도 한다. 그런 나른한 공기에도 불구하고 그들은 손님이 없는 텅 빈 가게에서 묵묵히 컵만 닦고 있었다. 이내 가게 안의 햇살이 느껴진 정우가 먼저 입을 열었다.

　　"야, 누나 말이야."

　　"…."

"누나 남편은 어떤 사람이었어?"

"옆집에 처음 이사 왔을 때부터 연우 누나랑 하나, 둘뿐이었어."

"그렇구나….."

정우는 민성을 통해서라도 누나에 대해 알고 싶었다. 그도 그럴 것이, 그는 열일곱 살 이후로 연우의 인생을 전혀 알지 못했기 때문이다. 하지만 민성 역시 그녀에 대해 그리 많은 정보를 가지고 있는 것은 아니었다. 그렇게 또다시 어색한 침묵이 감돌던 가게 안으로 머리가 하얗게 센 할머니 한 분이 들어왔다.

"어서 오세요!"

역시나 반갑게 손님을 맞이하는 건 싹싹한 정우의 몫이었다. 민성은 그저 손님들을 통해서 기술만 갈고 닦으면 된다고 생각했기에 할머니를 한 번 흘끗 바라본 뒤 다시 묵묵히 컵을 닦았다.

"여그서 내 행복을 좀 팔려고 하는디….."

"행복이요?"

두 사람의 가게에서 매매가 이루어지는 모든 감정은 구입과 판매가 원칙이었기에 공급과 수요가 반드시 쌍방으로 존재하는 감정이어야만 했다. 그들은 그동안 사랑, 증오, 열등감, 슬픔 등 다양한 감정을 사고팔았으나, 행복을 팔러 온 손님은 개점 이래 처음 있는 일이었기에 정우는 놀라지 않을 수 없었다.

"행복을, 저희가 매입할 수는 있는데요…. 아니 굳이 왜 행복을…. 저희도 이런 경우는 처음이라…."

정우가 어버버 하는 동안 민성이 말없이 손님에게 다가가 두 손을 내밀었다. 그러자 정우가 냉큼 할머니 손님에게 동작을 지시했다.

"아, 저희 엔지니어한테 할머니 손을 좀 내밀어 주시겠어요?"

"이렇게 하면 되는 겨?"

할머니는 쭈글쭈글한 손을 민성에게 내밀었고, 민성은 그 손을 잡고 할머니의 행복을 감정하기 시작했다.

정우는 생각했다. 할머니에겐 도대체 어떤 사연이 있기에 그 어떤 감정도 아닌 '행복'을 팔러 온 것일까?

'그보다, 행복은 도대체 얼마를 계산해 드려야 하는 거

야?'

복잡한 정우의 머릿속을 알 리 없는 민성은 제법 한참 동
안 할머니의 행복을 감정했다. 그것은 신중을 기한다기보
다는 할머니의 감정에 취해버렸다는 표현이 더 정확할 것이
다. 할머니의 행복은 정말이지 너무나 평범하고 아름다웠다.

"행복이라는 이름의 '희로애락'을 그짝한테 팔 테니…."

"할머님, 저희한테 행복을 팔겠다는 거예요, 희로애락을
팔겠다는 거예요? 판매를 희망하시는 감정을 정확히 말씀
해 주셔야…."

정우는 감정 중에 말을 바꾸는 할머니에게 확인차 되물
었다.

"사람들이 잘 모르는 게 있는디, 행복이라는 것은 희로애
락의 다른 말이여."

"네? 그게 무슨…."

"내 행복을 당신들한테 팔 테니, 내 손녀딸에게 대신 이
행복을 좀 팔아줄 수 있는 겨? 괴롭힘을 당했는지, 따돌림을
당했는지…. 고1 여름방학이 끝나고 얼마 지나지 않아 옥상
에서 투신을 했다지 뭐요. 다행히 나무에 걸려 목숨은 건졌

는디….”

민성이 조심스럽게 할머니의 말을 잘랐다.

“할머니, 이 행복을 추출하면 할머니의 영혼은 완전히 망가질 거예요.”

“괜찮여…. 일찍이 남편 보내고 죽을 날만 기다리는 늙은이가 뭐가 아깝겠어. 그보다 앞으로 살 날이 더 창창한 우리 손녀한테 부디 이 행복을 좀 대신 팔아주구려…. 내 이렇게 부탁할게요. 이대로는 운 좋게 깨어나도 또다시 몹쓸 선택을 해버릴 것 같다우….”

의자에서 일어난 할머니는 민성에게 다가가 두 손을 붙들고 간절하게 말했다. 그러자 다시 할머니의 찬란한 행복이 민성에게 느껴졌다. 민성은 잠시 고민하는 듯하더니 이내 할머니에게 다소 황당한 제안을 건넸다.

“할머니, 그런데 조건이 있어요. 저희가 손녀분한테 할머니의 행복을 되팔아 드리는 대신 할머니 행복의 절반을 저한테 주세요.”

“그려, 절반이면 충분허겠지…. 나머지는 스스로 살면서 채워나가야제….”

할머니는 그제야 한시름 놓은 듯 민성의 꽉 잡은 두 손을 놓아주었다. 그리고 정우와 민성을 번갈아 보면서 말했다.

"나이 여든 넘은 노인네의 실없는 소리 같겠지만, 살다 보면 또 참 살 만한 것이 인생이구먼. 우리 손녀딸은 아직 너무 어려서 그것을 몰랐던 게지…. 물론 그 나이 또래에는 우리 세대가 모르는 나름의 삶에 대한 버거움이 있겠지. 그걸 미리 헤아리지 못한 어른들의 잘못인 거고…. 아무리 그래도 그 어린것이 뭣이 그리 힘들었길래 그런 선택을 했는지. 도대체 어떤 심정으로 그 계단을 올라갔을지…."

말하는 동안 또다시 할머니의 눈시울이 붉어졌다. 정우는 할머니에겐 들리지 않을 정도로 목소리를 낮춘 뒤, 슬며시 민성에게 물었다.

"어쩔 셈이야? 정말로 할머니의 행복을 전부 꺼낼 거야?"

"응."

"할머니, 괜찮으실까?"

"당연히 안 괜찮겠지. 하지만 손녀딸이 죽는 것보단 낫겠지."

"할머니의 행복이 그 정도야? 자살을 시도한 여고생의

인생을 바꿀 만큼?"

"할머니는 세상에서 가장 평범하고도 찬란한 인생을 사셨어."

"그걸 어떻게 알아?"

"아까 할머니의 행복을 감정했잖아."

"전혀 안 그래 보이는데, 엄청 대단하신 분인가?"

"아마 저분의 인생은 역사에 남지도 않고, 신문 한쪽에 실리지도 않을 만큼 평범한 삶이었을 거야."

"그런데도 할머니의 행복이 그 정도로 대단하다고?"

"형은 소소한 하루하루가 모여서 완성된 삶을 산 사람의 행복을 본 적 있어?"

"내가 너냐? 사람의 감정을 무슨 수로 봐!"

"내가 이따 보여줄게."

민성과 정우는 할머니를 따라 손녀가 입원한 병원으로 향했다. 그곳엔 가냘픈 소녀가 온몸에 각종 호스를 덕지덕지 붙인 채 누워 있었다. 민성은 병원 측에 가족 면회 허가를 얻은 뒤 할머니와 함께 중환자실로 들어갔다. 곧이어 그곳에서 할머니의 행복을 추출한 뒤, 손녀딸에게 정확히 딱 절반을 부어주었다. 남은 절반의 행복은 미리 준비해 간 유리병에 옮겨 담았다.

"저 소녀, 괜찮겠지?"

"보통 사람과는 조금 다른 인생을 살게 되겠지. 할머니의 행복은 일생에 걸쳐 축적된 다양한 감정의 총 집합체니까. 절반이어도 아마 이전과는 전혀 다른 삶을 살게 될 거야."

정우와 민성은 다시 버스를 타고 신림동 가게로 돌아왔다. 그리고 가게로 돌아온 민성은 유리병에 담긴 행복을 한참 동안 바라보았다. 행복은 마치 투명한 물 같았다. 그동안 가게에서 민성이 추출한 수많은 감정을 바로 옆에서 목격했던 정우가 물었다.

"다른 감정들은 전부 색이 있는데, 어떻게 행복은 아무런 색이 없지?"

"물감을 섞으면 검은색이 되지만, 빛은 섞으면 섞을수록 흰색이 되잖아. 감정도 마찬가지인 거겠지."

"희로애락이 전부 섞이면 물처럼 투명해진다?"

"나도 행복을 추출한 건 처음이라, 이건 보관 방법조차 모르겠어."

"그냥 실온에 두면 되는 거 아냐?"

"일단 당분간 지켜봐야겠어."

그날 이후 며칠 동안 민성은 가게를 열지 않았다. 아니, 출근은 했지만 장사를 하지 않았다는 표현이 더 정확할 것이다. 민성은 매일같이 가게에 나와 공을 들여 행복을 분석했다.

할머니의 말씀대로 행복에는 희로애락이 전부 섞여 있었다. 하지만 이것 또한 연우 누나의 슬픔처럼 분리가 쉽지 않았다. 민성이 어떻게든 감정을 분리하려 아무리 애를 써보아도 그것은 한 움큼의 또 다른 행복이 되어 있었다.

민성은 잠시 가게 입구를 바라보았다. 그동안 저 문으로 참 다양한 손님들이 다녀갔다. 그들은 사랑을 사고팔기도 하고, 열등감을 헐값에 처분하기도 했다. 인간의 감정이라는 게 당연히 어느 정도의 교집합이 있기는 하지만, 그래도 그들의 감정은 단독으로 추출할 수 있었다. 그런데 왜 할머니의 행복과 누나의 슬픔은 마치 동전의 양면처럼 분리가 되지 않는 것일까?

사람들이 흔히 행복하다고 할 때는 웃음, 미소, 사랑, 충

만함 등의 감정을 떠올릴 것이다. 하지만 할머니의 행복에는 슬픔, 분노, 열등감, 질투 등의 감정이 함께 들어 있었다.

그때, 가게 앞 시멘트 사이에 핀 꽃 한 송이가 민성의 눈에 들어왔다. 꽃이 바람에 살랑이자 그림자도 함께 흔들리기 시작했다. 민성은 한참 동안 그것을 바라보았다. 한낮에는 꽃의 형태 그대로 빛과 그림자가 선명하게 구별되었는데, 점점 해가 질수록 그림자의 경계가 조금씩 흐려졌다. 그러다 어디까지가 빛이고 어디서부터가 그림자인지 불명확해지기 시작했다. 빛과 그림자가 합쳐진 것이다.

문득 한 가지 방법이 떠오른 민성은 창고에 있는 연우 누나의 슬픔이 담긴 머그를 가져와 스포이트로 슬픔 한 방울을 유리병의 행복에 떨어뜨려 보았다. 그것은 마치 물 한 컵에 우유 한 방울을 떨어뜨리는 것과 비슷한 모양새였다. 물 컵에 우유를 한 방울 떨어뜨리면 과연 어떻게 될까? 우유는 곧 물에 용해되어 버린다. 행복이 든 유리병을 민성이 두 손으로 어루만지자 슬픔이 훨씬 더 부드럽게 녹기 시작했다.

민성은 밤을 새워 연우의 슬픔을 한 방울씩 할머니의 행복에 섞기 시작했다. 한 번에 쏟아부으면 행복이 슬픔에 잠식될 수 있으므로 조금씩 아주 조금씩 행복에 슬픔을 녹여 냈다.

민성이 작업을 하는 동안 정우는 말없이 가게 안 이곳저 곳을 정리했다. 그러는 동안 몇몇 손님이 방문하기도 했으 나 정우는 엔지니어의 컨디션이 좋지 않다는 핑계로 둘러대 며 전부 돌려보냈다. 심지어 그는 민성의 작업을 방해하지 않기 위해 몇 날 며칠 동안 말도 한마디 걸지 않고, 대신 곁 에서 묵묵히 청소만 했다.

말끔하게 정리한 바 테이블로 정오의 햇살이 들어왔다. 가게 안에 있던 먼지는 실내의 공기에 둥실둥실 몸을 맡기 고 있었다. 민성은 정우가 정리한 바 테이블로 유리병과 머 그를 들고 나왔다. 유리병에 담긴 행복에 햇살이 부딪혔다. 민성은 유리병의 뚜껑을 열어 머그에 있던 마지막 한 방울 을 유리병 안으로 떨어뜨렸다. 그렇게 마지막 한 방울의 슬 픔까지 완벽히 행복에 녹아들자 민성이 말했다.

"정우 형, 이제 우리 연우 누나 찾으러 가자."

"그럴까?"

두 사람은 가게의 문을 닫은 뒤 신림동을 떠났다.

어제를 사는 아이

사장의 배려로 〈내일은 네일〉에 근무하게 된 연우는 처음에는 간단한 손 관리만 하다가 차차 풀컬러 네일아트, 프렌치 네일아트, 그라데이션 네일아트, 젤네일 등의 기술을 배워나갔다.

"푸셔를 사용할 땐 이 정도 각도로…. 이보다 더 세우면 손톱 표면에 흠집이 날 수 있고, 이보다 낮으면 상처가 날 수 있거든."

"이 정도요?"

"아니, 방금보다 좀 더 세워서. 그리고 프렌치 네일아트
는 라운드 선이 중요하니까….”

사장은 영업 전후로 틈틈이 연우에게 네일 기술을 가르쳤
고, 오래전이긴 해도 과거에 이미 자격증을 땄던 연우 역시
배우는 속도가 남달랐다. 문제는 기술이 아닌 영업이었지만
말이다.

"저기요, 혹시 뭐 언짢으신 일 있으세요?"

"예? 아, 아니요….”

"네일아트는 기분 좋아지려고 받으러 오는 건데, 언니 표
정 때문에 오늘 기분전환은 글렀네요."

"죄, 죄송합니다….”

무표정하게 근무하는 연우에게 종종 컴플레인이 들어오자
사장은 그녀를 닦달하는 대신 넌지시 요령을 알려주었다.

"앨리스, 진심으로 웃지 않아도 괜찮아. 서비스직이라는
게 뭐겠어? 가짜로 웃어도 손님들은 그냥 속아줘."

"아, 네….”

"근데 있잖아, 그렇게 또 웃다 보면 가짜 웃음이라도 언젠

가는 진짜로 행복해지는 순간이 와."

사장의 조언에 따라 연우는 매일 아침 거울을 보고 웃는 연습을 하기 시작했다. 처음에는 너무나 어색했지만, 가족이나 친구도 아닌 네일샵 직원의 인위적이고 어색한 웃음에 불만을 갖는 사람은 많지 않았다. 덕분에 시간이 지날수록 연우는 점점 웃는 게 자연스러워졌다.

"언니, 언니가 젤네일 컬러 좀 추천해 줘요!"

"손님은 피부가 워낙 하얘서 원색 계열은 시선이 손으로 분산될 것 같으니, 차라리 톤다운 컬러는 어떠세요?"

"에이~ 제 피부가 하얗긴요! 언니 립서비스 장난 아니다~"

"어머 손님, 립서비스 아니에요! 이거 봐요, 손님이랑 제 팔이랑 이렇게 대봤을 때 피부 톤 차이 확 나죠?"

"어우 몰랑, 아직 네일아트를 받지도 않았는데, 벌써 기분 전환이 되어버렸네?"

그렇게 연우가 네일샵에서 근무를 한 지 1년쯤 지났을 때, 그녀는 작은 화분 하나를 사비로 구입해서 가게로 출근했다. 그 꽃은 딸 하나가 생전에 예쁘다고 말한 적이 있는 꽃이었다. 출근길 동네 꽃집을 지나면서 그 꽃을 발견한 순간,

시골 마을에서 하나와 함께 살던 시절의 기억이 또 새록새록 떠올랐다.

"하나야, 이 꽃은 도라지꽃이야. 도라지꽃은 초롱꽃과의 여러해살이풀인데, 꽃말이 뭔지 알아? '영원한 사랑'이래. 꽃처럼 꽃말도 너무 예쁘지?"

그렇게 조금씩 연우의 기억에 그리움이 묻어나고 있었다. 감정이라는 근육은 소소한 일상이라는 에너지를 통해서 조금씩 아주 조금씩 그 상처가 회복되어 가고 있었다.

또다시 시간이 흘러 1년 뒤, 연우의 네일아트 실력이 혼자서 오롯이 손님을 받을 수 있을 정도가 되자, 사장은 화요일 휴무를 없애고 연우에게 통째로 가게를 맡겼다.

"어차피 한 달 치 가게세 내는 거…, 매주 화요일마다 한 달에 4~5번씩 쉬는 게 얼마나 아까웠는지 몰라. 앞으로는 앨리스한테 화요일 영업 좀 맡길게. 대신 주말에 하루 쉬어요!"

"정말 저 혼자 가게를 봐도 될까요?"

"사실 화요일은 일주일 중에서도 제일 손님이 없는 날이라, 부담 갖지 않아도 돼~ 그냥 1년 연중무휴라는 것만으로도 네일샵 홍보가 되거든."

"아, 네!"

처음에 연우는 묵묵히 가게에 들어오는 손님만 받았다. 사장 말대로 화요일에는 정말로 손님이 거의 오지 않았다. 그러던 어느 날, 가게로 한 단발머리 여고생 손님이 들어왔다. 그 여고생은 광장동 근처에서는 보지 못했던 교복을 입고 있었다.

"안녕하세요!"

"어서 오세요~"

"저 네일아트 받을 수 있을까요?"

"학생인데, 괜찮겠어요?"

"아, 저희 학교는 벌써 방학했어요. 집이 청주거든요. 오늘은 서울에 있는 할머니 집에 온 거구요."

"아, 그렇군요. 어쩐지 이 동네에서 처음 보는 교복이다 했어요."

손님은 연우의 뒤에 있는 매니큐어 중 흰색을 골라 풀컬러 네일아트를 주문했다.

"이렇게 쨍한 흰색은 잘 안 하는데, 대부분 아이보리 컬러

나…."

"전 이 흰색이 좋더라고요."

"그러시구나…."

아직은 부자연스럽고 어색하게 웃어 보이는 연우에게 여고생은 한껏 밝은 목소리로 대화를 이어갔다.

"아 맞다, 언니. 언니도 그런 거 해본 적 있죠?"

"어떤 거요?"

연우는 고개를 숙인 채 여고생의 손톱을 정리하며 대답했다.

"횡단보도 건널 때 흰색만 밟고 건너기!"

"아…, 있죠."

연우가 버퍼로 손님의 손톱 끝을 다듬고, 니퍼로 큐티클을 정리하는 동안 여고생은 자기 손을 관리하는 직원에게 여전히 시선을 고정하고 있었다.

"아마 대한민국에서 살면서 그거 한 번쯤 안 해본 사람은 없을 거예요, 그죠? 우리나라뿐만 아니라 어쩌면 외국인들도 포함해서!"

"그럴 수도 있겠네요."

"그런데 그 놀이가 막상 횡단보도 신호 바뀌고 한 칸, 두 칸 발을 내딛다 보면 결국에는 실패할 수밖에 없는 거잖아요. 흰 칸 간격이 은근히 넓으니까, 웬만큼 키가 크지 않으면요."

"생각해 보니 그러네요?"

여고생의 말을 들으며 생각에 빠진 연우는 실제로 자신 역시 단 한 번도 '횡단보도 흰 칸만 밟기'를 끝까지 성공한 적이 없다는 사실이 떠올랐다. 처음에는 순조롭게 흰색만 밟으며 걸어가다가도 6~7번째부터는 점점 간격이 멀어지면서 결국엔 검은색 아스팔트에 뒤꿈치가 닿으면서 대부분 포기해 버리곤 했다. 중간에 재도전을 해도 될 만큼 긴 다차선의 횡단보도에서도 이미 한 번 검은 부분을 밟아버린 발에겐 이상하게 더 이상 기회를 주지 않았다.

"제가 그거 백 퍼센트 성공하는 필승법 알려드릴까요?"

"그런 게 있어요?"

여고생은 너무나 시답잖은 얘기를 흥미롭게 풀어내며 연우를 집중시켰다. 어느새 연우는 여고생과의 대화에 쫑긋 귀를 기울이게 되었다.

"사람들이 놓치고 있는 게 하나 있는데요, '횡단보도 흰 칸만 밟기'에 '한 칸에 한 발만 밟기'라는 규칙은 없거든요? 그런데 다들 무리해서 가랑이를 찢어가며 끝까지 한 발로만 가려고 하니까 실패하는 거거든요."

"아…!"

"처음에는 순조롭게 흰 칸만 밟고 가다가 슬슬 간격이 멀어질 때쯤 흰 칸에 두 발을 전부 딛고 서는 거예요. 그렇게 재정비를 하는 거죠. 그리고 거기서부터 다시 새롭게 출발하면 돼요."

연우는 순간 머리를 한 대 세게 맞은 기분이 들었다. 눈앞의 여고생은 분명 횡단보도 얘기를 하고 있는데, 자신에게는 전혀 그렇게 들리지 않았기 때문이다.

"다시 새롭게 출발…."

"어때요? 제 필승법이!"

연우는 그제야 여고생의 얼굴과 교복 명찰 이름이 눈에 들어왔다.

"민정 씨는 참 똑똑한 사람이네요."

가지런한 단발머리에 짙은 눈썹을 지닌 여고생이 연우를

보며 싱긋 웃었다.

화요일에 여고생 손님이 돌아간 뒤, 연우는 일주일간 생각에 빠졌다. 그녀는 자신의 복잡한 머릿속을 정리하기 위해 화요일마다 손님들에게 특별한 네일을 선물하는 대가로 월요일 어제의 이야기를 듣기 시작했다. 자신이 내일을 향해 다시 새롭게 출발 하기 위해서는 먼저 지나간 어제를 받아들여야 한다고 생각했기 때문이다.

물론 처음에는 이상하게 생각하는 손님이 더 많았다. 하지만 아무렇지 않게 자신의 어제 이야기를 들려주는 손님들이 하나둘씩 늘어갔다.

주말도 아닌 월요일에 특별한 하루를 보낸 손님은 흔치 않았고, 대부분의 손님은 자신의 평범한 어제를 들려주면서 스스로 시시하다고 여겼다.

"정말 이런 얘기로 되겠어요? 말하고 보니 너무 시시한데…."

"어제요? 어제는 정말 아무 일도 없었는데요?"

차라리 주말의 이야기를 들려주겠다는 손님도 있었다.

하지만 연우에게 필요한 것은 화려한 주말이 아니었다. 손님들은 전혀 알지 못했지만, 그들이 시시하다고 여겼던 월요일, 어제는 그녀의 딸 하나가 살아보지도 못한 내일이었다. 하나는 영원히 그날의 일요일에 갇혀 있었다. 일요일의 아이에게 내일을 선물하고 싶었던 엄마는 간절한 마음으로 손님들의 어제, 월요일을 모으고 또 모았다.

월요일 아침부터 지각을 할 뻔한 딸에게 엄마는 자신이 직접 차를 몰아 윤슬이 비치는 중랑천을 바라보며 군자교를 건넜다. 아이는 학교에서 친구들과 함께 쉬는 시간에 틴트도 발라보고, 점심시간에는 급식실에서 왁자지껄 점심을 먹은 뒤 운동장을 가로질러 하교를 할 것이다. 친구와 함께 수다를 떨면서 집으로 돌아오면 청명한 풍경 소리와 엄마가 만들어주는 달콤한 간식이 딸아이에게 세상에서 가장 행복한 미소를 짓게 해줄 것이다. 엄마의 심부름을 다녀오는 길에 우연히 맞닥뜨린 예고 없는 비조차 아이에게는 사랑하는 엄마가 제일 좋아하는 옛날 가수의 멜로디처럼 들렸다.

"홀리~ 홀리~ 나만의 파라다이스~!"

그렇게 어제를 사는 아이는 엄마의 상상 속에서나마 내일을 살아가고 있었다. 그러던 어느 날, 연우 역시 문득 깨달은 것이다. 자신이 포기하려던 삶 역시 딸 하나가 살아보지 못한 내일이라는 것을 말이다.

연우는 생각했다. 자신이 하나의 몫까지 대신 살아야겠다고. 하나의 몫까지 행복해져야겠다고. 하지만 도무지 방법을 찾을 수가 없었다. 자신의 영혼은 이미 망가져 버렸고, 아직도 어색한 웃음밖에 짓지 못할뿐더러 정작 하나뿐인 딸에 대한 사랑도 몽땅 잃어버렸기 때문이다.

바로 그때 〈내일은 네일〉의 문이 열리며 두 남자가 가게로 들어왔다. 민성과 정우가 드디어 연우를 찾아낸 것이다.

"너희들이 어떻게…?"

투명한 유리병을 손에 꽉 쥐고 들어온 민성이 연우에게 말했다.

"누나, 우리가 하나의 사랑을 가져왔어."

그것은 할머니 손님의 행복에 연우의 슬픔을 녹인, 딸에 대한 사랑이었다.

(끝)

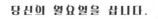

당신의 월요일을 삽니다.

앨리스의 네일샵

앨리스의 네일샵

지은이 김수정
발행인 김경아

2024년 6월 3일 1판1쇄 인쇄
2024년 6월 10일 1판1쇄 발행

이 책을 만든 사람들
책임 기획 김경아
기획 김효정

북 디자인 KHJ북디자인
표지 삽화 정지란
경영 지원 홍종남
기획 어시스턴트 홍정욱, 한선민, 박승아
제목 구산책이름연구소
책임 교정 이홍림
교정 주경숙, 김윤지

종이 및 인쇄 제작 파트너
JPC 정동수 대표, 천일문화사 유재상 실장, 알래스카인디고 장준우 대표

펴낸곳 행복한나무
출판등록 2007년 3월 7일. 제 2007-5호
주소 경기도 남양주시 도농로 34, 301동 301호(다산동, 플루리움)
전화 02) 322-3856 **팩스** 02) 322-3857
홈페이지 www.ihappytree.com l bit.ly/happytree2007
도서 문의(출판사 e-mail) e21chope@daum.net
내용 문의(지은이 e-mail) iini3@naver.com
※ 이 책을 읽다가 궁금한 점이 있을 때는 지은이 e-mail을 이용해 주세요.

ⓒ 김수정, 2024
ISBN 979-11-94010-00-5 (03810)
"행복한나무" 도서번호 : 179